# EINE VERWEGENE FRAU

### DIE VERSANDBRÄUTE VON SLATE SPRINGS - BUCH 2

## VANESSA VALE

Copyright © 2016 von Vanessa Vale

ISBN: 978-1-7959-0053-9

Dies ist ein Werk der Fiktion. Namen, Charaktere, Orte und Ereignisse sind Produkte der Fantasie der Autorin und werden fiktiv verwendet. Jegliche Ähnlichkeit mit tatsächlichen Personen, lebendig oder tot, Geschäften, Firmen, Ereignissen oder Orten sind absolut zufällig.

Alle Rechte vorbehalten.

Kein Teil dieses Buches darf in irgendeiner Form oder auf elektronische oder mechanische Art reproduziert werden, einschließlich Informationsspeichern und Datenabfragesystemen, ohne die schriftliche Erlaubnis der Autorin, bis auf den Gebrauch kurzer Zitate für eine Buchbesprechung.

Umschlaggestaltung: Bridger Media

Umschlaggrafik: Period Images

# HOLEN SIE SICH IHR WILLKOMMENSGESCHENK!

TRAGE DICH FÜR MEINEN NEWSLETTER EIN, UM LESEPROBEN, VORSCHAUEN UND EIN WILLKOMMENSGESCHENK ZU ERHALTEN! TRAGEN SIE SICH IN MEINE E-MAIL LISTE EIN, UM ALS ERSTES VON NEUERSCHEINUNGEN, KOSTENLOSEN BÜCHERN, SONDERPREISEN UND ANDEREN ZUGABEN ZU ERFAHREN. SIE ERHALTEN EIN KOSTENLOSES BUCH FÜR IHRE ANMELDUNG!

kostenlosecowboyromantik.com

# 1

iper Dare

Mein Kopf rollte zur Seite, als die Kutsche in ein besonders tiefes Schlagloch fuhr und ich wachte erschrocken auf. Sabber rann mir aus dem Mundwinkel und ich wischte ihn mit meinen Fingern weg. Ich sah nach oben, um mich zu vergewissern, dass die Frau mir gegenüber meine weniger als damenhafte Spucke nicht gesehen hatte, aber sie schlief – gottseidank. Ihr Kopf war nach hinten geneigt, sodass ihr Kinn nach oben und zu mir zeigte. Es war ziemlich warm und obwohl die Klappen vor den Fenstern geöffnet waren, kam nur wenig Luft herein. Ich zupfte an meinem Mieder, dessen Stoff feucht war und an meiner Haut klebte. Ich war sehr durstig und sehnte mich nach einem kühlen Glas Limonade. Ich blinzelte einmal, dann rieb ich mir über die Augen. Die Zeit verging langsam in der Kutsche und ich hatte keine Ahnung, wie lange ich geschlafen hatte. Obwohl mein Nacken steif und mein Rücken wund war…genauso wie mein Hintern von dem harten und unbequemen Sitz, konnte ich nicht lange geschlafen haben. Nach dem Sonnenstand zu schließen, sollte es bis zum nächsten Stopp nur noch ein oder zwei Stunden dauern. Meinem letzten Stopp.

Mir war das Geld fast ausgegangen und die Kutsche würde mich nicht weiter als bis zur nächsten Stadt transportieren, ohne mehr Geld zu verlangen. Ich war froh, dass ich von Wichita weg war, dennoch wusste ich, dass mich meine Brüder problemlos aufspüren könnten. Sie mussten nur der Postkutschenroute folgen. Ich war bereits seit sechs Tagen unterwegs und musste hoffen, dass die Nachricht, die ich ihnen hinterlassen hatte, dass ich in der Stadt bei meiner Freundin Rachel sei, ihre Suche für einige Tage hinausgezögert hatte. Mittlerweile würden sie allerdings wissen, dass ich verschwunden war. Sie würden nach mir suchen, dessen war ich mir sicher. Meine fünf älteren Brüder waren alle unverheiratet und wenn ich nicht da war, würde niemand für sie kochen und putzen. Keine Frau schien begierig, sie zu heiraten, also brauchten sie jemanden, der sich um sie kümmerte. Und das war ich. Ich hegte aber nicht die Absicht, ihre Sklavin zu sein. Ich konnte keinen Ehemann für mich finden, wenn ich nur damit beschäftigt war, mich um sie zu kümmern.

Zudem waren sie wahnsinnig beschützend. Sie verjagten jeden möglichen Verehrer mit ihren düsteren Blicken, ihren warnenden Worten und geladenen Gewehren. Sie zögerten nicht, einem Mann vor die Füße zu schießen, um ihn in Bewegung zu setzen, wenn er sich zu lange in meiner Nähe aufhielt.

Ich war zweiundzwanzig Jahre alt und würde noch als alte Jungfer enden, aber sie sahen in mir nur ihre kleine Schwester. Ich war noch nicht einmal geküsst worden! Zur Hölle, sie hatten keinem Mann erlaubt, nah genug an mich

*Eine verwegene Frau*

heranzukommen, um mir die Hand zu schütteln, ganz zu schweigen davon, seine Lippen auf meine zu legen.

Keiner von ihnen war grausam und ich wusste, dass sie mich liebten, vielleicht liebten sie mich ein bisschen zu sehr. Ich musste nicht behütet werden und ich wollte ganz sicherlich nicht ihre Magd werden. Sie brauchten ihre eigenen Ehefrauen und ich brauchte mein eigenes Leben. Einen Ehemann.

Und daher hatte ich heimlich etwas von dem Hausgeld gespart, langsam aber stetig, bis ich genug zusammen hatte, um eine Fahrkarte für die Postkutsche zu kaufen. Unglücklicherweise reichte das Geld nur für eine begrenzte Distanz…und diese Distanz schien die nächste Stadt zu sein.

Ich spähte aus dem Fenster. Prärie, so weit das Auge reichte. Ich war daran gewöhnt, da ich in einem Außenbezirk Wichitas gelebt hatte, aber jetzt war keine Stadt dieser Größe in der Nähe. Es gab hier gar nichts. Würde ich Arbeit finden? Ich könnte eine Stelle als Magd, Haushälterin, Köchin, sogar als Waschfrau annehmen. Das hatte ich alles schon gemacht und ich hatte nichts gegen harte Arbeit, wenn ich denn eine finden konnte. Ich würde ja lieber einen Saloon und eine Pokerrunde finden, aber ich konnte nicht wählerisch sein, wenn ich kein Geld hatte. Zumindest war es in dieser Jahreszeit warm. Ich konnte unter dem Sternenhimmel schlafen, wenn ich musste. Das hatte ich zuvor schon gemacht.

Die Kutsche schwankte und ich streckte instinktiv meine Hand aus, damit ich nicht gegen die Wand prallte. Der Kopf der anderen Frau rollte zur Seite und ich war beeindruckt von ihrer Fähigkeit, so tief zu schlafen. Sie hatte sich mir vorgestellt, als sie in Dodge City zu mir in die Kutsche gestiegen war. Miss Patricia Strong, eine Versandbraut. Sie war auf dem Weg in eine Kleinstadt in Colorado, die Slate Springs hieß, um ihren neuen Ehemann zu treffen. Ein

Ehemann, dem sie durch eine Agentur zugewiesen worden war. Ich konnte mir nicht vorstellen, einen Fremden zu heiraten, aber ich wusste, dass es Frauen im Vergleich zu Männern häufig schwerer hatten. Sie war reizend mit ihren hellen Haaren und Augen und ihrer freundlichen Art. Ich ging davon aus, dass Verehrer sie umschwärmten wie Bienen eine Blume. Wenn sie sich bereits als Versandbraut freiwillig melden hatte müssen, welche Hoffnung gab es dann für mich?

Ich hatte rote Haare. Rote! Sie sahen aus wie Feuer und jeder sagte, dass sie zu meiner Persönlichkeit passten. Ich war beeindruckt von Patricias Fähigkeit, Kontrolle über ihr Leben zu übernehmen, sich für einen Weg zu entscheiden und diesen bis zum Ende zu gehen. Sich selbst einen Ehemann zu suchen, als ihr keiner den Hof gemacht hatte. Oder wie in meinem Fall, ihr keinen machen konnte. Nicht, wenn die Bruder Barrikade im Weg stand.

Die Kutsche ruckte wieder. Ich verdrehte die Augen und seufzte, wünschte mir, ich könnte den Kutscher anschreien, obwohl es nicht seine Schuld war, dass der Weg so tiefe Schlaglöcher hatte. Aus meinem Augenwinkel sah ich, dass Patricia zur Seite rutschte und sich nach vorne neigte, als ob sie gleich vornüber fallen würde. Ich streckte meine Hand aus und packte ihre Schulter, bevor sie auf den staubigen Holzboden fallen konnte.

„Patricia!", rief ich und drückte sie zurück in eine aufrechte Position, wobei ihr Kopf seltsam in die Ecke rollte.

Die Frau wachte nicht auf, hob ihre Arme nicht, um sich in eine bessere Position zu stemmen. Zuckte nicht einmal.

Ich erhob mich, stemmte eine Hand an die Wand, um das Gleichgewicht halten zu können, und beugte mich über sie. Ich wusste, die Reise zerrte an den Kräften, aber das war ein tiefer Schlaf. Zu tief.

Da wurde mir bewusst, dass sie nicht schlief. Sie war tot.

*Eine verwegene Frau*

„Stoppt die Kutsche!", schrie ich und stieß mich von der Wand ab und weg von ihr. „Stoppt die verdammte Kutsche!"

Nachdem ich wieder auf meinem Platz auf der Bank gegenüber von Patricia saß, hämmerte ich gegen die Wand, die mich vom Kutscher trennte, während ich sie mit großen Augen und geöffnetem Mund anstarrte.

*Sie war tot.*

Ich wusste, es war nicht damenhaft, zu fluchen, aber wenn es jemals einen Moment gegeben hatte, indem es passend war, dann war das dieser. „Heilige verdammte Scheiße. Verfluchter Mist ist das schlimm." Ich murmelte jeden Fluch, den ich jemals von meinen Brüdern gehört hatte, vor mich hin, während ich Patricia einfach nur ansah.

Sie war bleich, sogar weiß. Ihre Lippen waren nicht länger rosa, sondern hatten einen merkwürdigen Grauton angenommen, als ob jegliche Farbe verblasst wäre. Ihr Körper war schlaff und wurde hin und her geworfen, während die Kutsche zum Halten kam. Ich musste wieder meine Hand ausstrecken, damit sie nicht auf mich fiel. Das Gesicht verziehend, drückte ich sie nach hinten.

Als wir angehalten hatten, öffnete ich die Tür und sprang hinaus, wobei ich mit den Röcken kämpfte, bevor ich stolperte und auf meinen Knien im Dreck landete.

„Was soll der Radau, Frau?" Der Kutscher sprang vom Kutschbock, spuckte Tabaksaft in das hohe Gras und stemmte die Hände in die Hüften.

Ich drehte mich um und deutete mit einem zitternden Finger auf die geöffnete Tür und Patricias ausgestreckten Körper.

Ich schluckte schwer und holte tief Luft. Die Sonne brannte auf uns herab und ich spürte, dass mir der Schweiß auf der Stirn stand. „Sie ist tot."

Der Kutscher sah mich an, als ob ich ihn verarschen

wollte. Als ich mich nicht vom Boden erhob, lief er zu der geöffneten Tür und spähte hinein.

„Fuck", fluchte er, dann sah er hoch in den Himmel. Es war, als würde er Gott stumm fragen, warum die Frau in seiner Kutsche tot war. „Vor zwei Stunden ging es ihr noch gut. Was zur Hölle ist mit ihr passiert?"

Er nahm seinen Hut ab und strich sich mit den Fingern durch sein verschwitztes Haar. Er war in seinen Vierzigern, sein Bart wurde langsam grau und ihm fehlten ein paar Zähne. Er war vom Reisen gezeichnet, Körper und Seele, und ich ging davon aus, dass Patricia nicht sein erster toter Körper war.

Allerdings war sie das für mich und ich war froh um den harten Boden unter mir. Ich war nie als mädchenhaft bezeichnet worden, aber ich hatte auch noch nie jemanden direkt vor mir sterben sehen, vor allem niemanden, der so jung war wie Patricia.

Während ich meinen Kopf schüttelte, antwortete ich: „Woher zur Hölle soll ich das wissen?"

Die Augenbrauen des Kutschers schossen in die Höhe, weil ich das Wort „Hölle" benutzt hatte. Das war gar nichts. Von Brüdern groß gezogen zu werden, hatte mir einige nicht ganz so damenhafte Dinge beigebracht.

„Ich habe keine Ahnung", fügte ich hinzu und beantwortete damit seine Frage. „Wir haben geschlafen und sie ist einfach nicht aufgewacht."

Er sah mich finster an und spuckte wieder auf den Boden. „Leute wachen nicht einfach *nicht* auf. Nicht in ihrem Alter. Zur Hölle, sie kann nicht viel älter als zwanzig sein." Er fuchtelte mit seinen Händen durch die Luft, als ob das helfen würde, als ob mit mir zu diskutieren, irgendetwas ändern würde. Es war nicht wichtig, *wie* sie gestorben war. Es war ja nicht so, als ob wir das beheben könnten oder sie.

„Nun, sie wird mit Sicherheit nicht mehr aufwachen",

entgegnete ich. Der Wind blies über das Gras, die Grashüpfer zirpten vor sich hin, alles wirkte völlig normal und nicht, als müssten wir herausfinden, was wir mit der toten Frau tun sollten.

„Schön, dann lass uns weiterfahren." Er griff in die Kutsche.

„Was? Werden Sie sie einfach hier draußen liegen lassen?" Meine Stimme wurde laut und schrill, meine Übelkeit wuchs bei der abgeklärten Haltung, die der Mann den Toten gegenüber hatte.

Er seufzte und schüttelte den Kopf, während er sich von der Kutsche entfernte.

„Hier rumzusitzen und zu diskutieren, macht sie auch nicht frischer", grummelte er. „Sie werden mit ihr in der Kutsche bleiben müssen, bis wir die nächste Stadt erreichen, wo Sie ohnehin aussteigen."

Er warf noch einen Blick auf die tote Frau, dann auf die weite Prärie, wahrscheinlich bereit, seine Meinung doch noch zu ändern.

„Auch wenn ich kein Interesse daran habe, noch eine weitere Sekunde mit einem toten Körper in der Kutsche zu verbringen, ist es einfach nicht ehrenhaft oder zumindest kein bisschen christlich, sie einfach hier draußen zum Verrotten liegen zu lassen."

„Ich hoffe, in der nächsten Stadt gibt es auch einen Totengräber", grummelte er und spuckte ins Gras.

Arme Frau. Patricia war so tapfer – gewesen. Als sie mir ihre Geschichte erzählt hatte, war ich tatsächlich ein wenig eifersüchtig gewesen. Zu wissen, dass an ihrem Ziel ein Mann auf sie wartete, war ziemlich beneidenswert. Jemand, der sie genug wollte, um eine Anzeige zu schalten und ihre Fahrt zu bezahlen. Jemand, der sich tatsächlich auf sie freute.

Und dann gab es da mich, heimatlos und mittellos sobald

wir beim nächsten Stopp ankamen. Kein Mann. Kein Ehemann. Kein –

Eine Idee formte sich in meinem Kopf, die mein Herz einen Schlag aussetzen ließ. Auf Patricia wartete ein Mann. Ein Ehemann. Jemand, der eine Frau wollte. Ihm war nicht besonders wichtig wer, da er sich für eine Versandbraut entschieden hatte. Eine Fremde. *Ich* könnte die Versandbraut sein. Ich könnte Patricias Platz einnehmen.

Das könnte funktionierten. *Könnte es?* War es richtig, sich den Tod einer Frau zu Nutzen zu machen? Ich erhob mich auf wackligen Beinen und sah auf Patricias toten Körper, dann weg. Sie weilte nicht länger auf dieser Erde und würde sich nicht daran stören. Sie würde es mir nicht zum Vorwurf machen. Verflixt und zugenäht, Frauen mussten die Vorteile ergreifen, die ihnen geboten wurden.

„Alles klar. Ich werde bei ihr in der Kutsche bleiben", erklärte ich dem Kutscher.

Ich neigte mein Kinn nach oben und begegnete dem scharfen Blick des Mannes, bevor ich zur Kutsche lief, hineinspähte und dann nach meiner kleinen Tasche griff. „Aber Sie werden mich dorthin bringen, wo Miss Strong hinwollte."

„Sie hinbringen…" Er schob seinen Hut auf seinem Kopf nach hinten, spuckte wieder ins Gras. „Ich verstehe schon, was Sie vorhaben."

„Oh?", fragte ich. „Und was wäre das?"

„Sie werden ihren Platz einnehmen."

Ich zog meine Pistole aus meiner Tasche und zielte auf ihn. Er hob langsam seine Hände.

„Und Sie wollten eine Passagierin draußen in der Prärie für die Wölfe liegen lassen", konterte ich.

„Nun, es besteht kein Bedarf für eine Pistole." Er musterte mich. Nicht ängstlich, sondern misstrauisch. „Was für eine Art Lady sind Sie?"

*Eine verwegene Frau*

„Die Art Lady, die fünf ältere Brüder hat. Eine Pistole sorgt für ein gewisses Maß an…Sicherheit, dass Sie das Richtige tun und mich nach Pueblo und zu dem Mann, den sie heiraten sollte, bringen werden."

„Und das Richtige ist, zuzulassen, dass Sie die Frau eines Fremden werden?"

Offensichtlich wusste er mehr über Patricia als über mich.

„Der Mann, der in Pueblo wartet, hat nach einer Frau verlangt, nicht spezifisch nach Miss Strong. Hören Sie, Mr… ähm, Kutscher," ich wusste nicht, wie er hieß, „meine Brüder haben mir außer dem Schießen noch einige andere Dinge beigebracht." Ich zuckte leicht mit den Schultern, aber die Pistole zitterte nicht. „Sie haben mir beigebracht, eine Gelegenheit zu ergreifen, wenn sie mir in den Schoß fällt."

Selbst wenn es ein toter Körper war.

Wollte ich einen Mann heiraten, den ich nie kennengelernt hatte? Patricia hatte es vor. Warum sollte ich es nicht können? Es war genau das, was ich wollte – meinen eigenen Mann, irgendwann Kinder. Aber ich wusste nichts über ihn. Was, wenn er alt war oder bereits sieben Kinder hatte? Was, wenn er gemein war? Ein Säufer? Nun, dann könnte ich ihn einfach erschießen. Das würde ihm nur gerecht geschehen.

Der Kutscher dachte für einen Moment nach, kratzte sich im Nacken, dann schüttelte er langsam seinen Kopf. „Ist mir eigentlich einerlei. Ihre Fahrt ist bezahlt worden und ich will dem Mann, wenn ich nach Pueblo komme, eher ungern erklären müssen, dass seine Frau einfach gestorben ist."

Daraufhin senkte ich die Pistole. „Also werden wir uns gegenseitig einen Gefallen tun."

Er lief zum Vorderteil der Kutsche und zog sich hoch. Er sah auf mich hinab, bevor er auf den Kutschbock kletterte, dann deutete er in die Kutsche. „Wir lassen Miss Strongs

Körper beim nächsten Stopp liegen und wir warten ihr Begräbnis nicht ab. Ich muss einen Zeitplan einhalten und Sie einen Mann treffen."

Auch wenn es das Richtige wäre, sich darum zu kümmern, dass die Frau anständig beerdigt wurde, wusste ich, dass ich nicht mit ihm diskutieren konnte. Ich gewann immerhin einen Ehemann.

## 2

ane Haskins

„Ich kann es nicht fassen", murmelte ich. Ich hatte in meinem Leben schon so einiges gesehen, aber das…würde ich niemals vergessen. „Das muss der heruntergekommenste, dreckigste Saloon der Stadt sein."

„Wir haben bereits an jedem anderen Ort nachgesehen", erwiderte Spur, nahm seinen Hut ab und fuhr sich mit der Hand durch seine dunklen Haare.

Wir waren etwas zu spät angekommen, um die Kutsche zu erwischen, und Patricia Strong war nicht da gewesen und hatte nicht auf uns gewartet. Da die Ankunftszeiten der Postkutschen großen Schwankungen unterlagen, weil sie von allem Möglichen abhängig waren, angefangen beim Wetter bis hin zur Nüchternheit des Kutschers, hatten wir vorgehabt, einen Tag früher zu kommen. Meine Mine in Jasper bescherte mir jedoch immer mehr Probleme. Das aktuellste Fiasko mit den Stützbalken hatte unseren Ritt den Berg hinab bis heute

Morgen hinausgezögert. Der Besitzer des Warenladens der Stadt hatte uns erzählt, dass die Kutsche, natürlich, eine Stunde zu früh angekommen war, was bedeutete, dass wir unsere Braut in der geschäftigen Stadt Pueblo finden mussten. Es war schwieriger gewesen, als wir erwartet hatten, da sie sich an keinem der Lieblingsplätze der Frauen aufgehalten hatte, weshalb wir über eine Stunde gebraucht hatten, um sie aufzuspüren. In einem verdammten Saloon.

Wir standen einige Schritte im Eingangsbereich und beobachteten, wie unsere Frau, deren Haare den hübschesten Rotton hatten, den ich jemals gesehen hatte, eine Runde Poker gegen nicht nur zwei oder drei Männer gewann, sondern gegen fünf. Ich konnte sehen, dass sie einen Royal Flush vor sich ausgebreitet hatte. Sie spielte in einem Saloon Karten und gewann. Sie beugte sich nach vorne und wischte mit ihrem Unterarm über den Tisch, wodurch sie ihre Gewinne einsammelte und sie in ein kleines Täschchen gleiten ließ, das schwer von ihrem Handgelenk baumelte. So wie es sich ausbeulte, konnte ich mir nur vorstellen, was sie bereits darin gesammelt hatte.

„Das ist *deine* Frau", murmelte ich und stieß Spur mit dem Ellbogen in die Seite. Er war derjenige, der durch die Versandbrautfirma rechtlich mit ihr verheiratet war. Ich war derjenige, der rechtlich durch das neueste Gesetz von Slate Springs mit ihr verheiratet war, das besagte, dass zwei Männer eine Frau heiraten konnten. Daher gehörte sie durch die Stellvertreterehe auch zu mir.

Wir wussten nichts über sie außer ihrem Namen, dass sie aus Kansas kam und dass sie heute Nachmittag mit der Kutsche ankommen sollte. Vielleicht hatte der Mann, der die Versandbrautfirma leitete, den Rest absichtlich weggelassen.

Aus meinem Augenwinkel sah ich Spur lächeln, während er sie beobachtete. *Ich* beobachtete den unglücklichen Mann, der ihr gegenüber saß. Aufgrund dessen, dass sein Gesicht eine fleckige Röte annahm und sein Körper vor Zorn zitterte, war ich mir sicher, dass er etwas Dummes tun würde und das mit unserer Frau.

„Ich verliere nicht gegen eine Frau!" Er stand auf und deutete auf sie. Yep, Spur war zwar Arzt und daran gewöhnt, in seinem Beruf Menschen zu lesen, aber ich hatte durch meine Geschäftsverhandlungen auch so einiges gelernt. Dieser Mann war allerdings nicht gerade subtil.

Die Gewinne waren ordentlich in ihrer kleinen Damenhandtasche verstaut worden und sie hatte ihre Hände damenhaft in ihrem Schoß gefaltet.

Damenhaft. Ha! Wir befanden uns in einem verdammten Saloon, nicht in der Kirche.

Die Leute an den Tischen ringsum verstummten, wodurch der gesamte Raum auf sie aufmerksam wurde, nicht dass sie die wunderschöne Frau vorher nicht beobachtet hätten. Innerhalb von Sekunden war sogar das verstimmte Klavier verstummt.

„So wie du gespielt hast, hättest du auch gegen das Muli vom Alten Harry, das vor der Tür steht, verloren." Sie neigte ihren Kopf zur Seite und deutete auf den zahnlosen Mann neben sich. Aufgrund der Tatsache, dass er steinalt aussah, ging ich davon aus, dass er der Alte Harry war.

Das war nicht gut. Keinem Mann gefiel es, wenn eine winzig kleine Frau, die noch dazu sein ganzes Geld einkassiert hatte, auf seinem Stolz herumtrampelte. Insbesondere nicht in einem Raum voller Männer und einigen Dirnen. Sie hatte den verdammten Bären gereizt und ich würde sie retten müssen. Ich trat einen Schritt nach vorne, bereit, sie mir zu schnappen und aus der Gefahrenzone zu ziehen. Zur Hölle, ich würde sie direkt aus dem Etablissement zerren und über mein Knie, weil sie so verdammt dumm war. Warum hatte sie nicht einfach an der Haltestelle warten können?

„Warte", sagte Spur mit gesenkter Stimme und legte seine Hand auf meine Brust, um mich davon abzuhalten, vorwärts zu gehen.

Ich drehte meinen Kopf und stemmte die Hände in die Hüften. „Warten?", zischte ich zurück. „Wenn du noch viel länger wartest, werden wir eine neue Frau bestellen müssen."

Er sah mich nicht an, sondern starrte nur auf die rothaarige Vixen. Interesse und etwas wie Bewunderung leuchteten in seinen Augen auf.

„Wir können sie problemlos retten. Lass uns erst herausfinden, was sie tun wird."

Spur musste liebeskrank sein, da er nicht mehr klar dachte.

Ich rieb mir mit der Hand über den Nacken und schüttelte langsam meinen Kopf. „Lass uns herausfinden, was sie – "

Der wütende Mann schlug mit der Hand auf den Tisch, sodass die leeren Schnapsgläser in die Höhe sprangen. „Gib mir das Geld zurück oder ich werde verdammt – "

Sie zog eine Pistole aus ihrem Täschchen, ohne auch nur eine Münze auf den Boden fallen zu lassen, und richtete sie auf den Bastard.

Auch wenn er seine Hände hob und seine Drohung nicht beendete, wirkte der Bastard nicht besorgt. Eine Frau mit einer Pistole? Ich würde mich unter den Tisch ducken. Wenn sie die Waffe in unsere Richtung schwingen würde, würde ich genau das tun.

„Du wirst verdammt was?", fragte sie ihn mit honigsüßer Stimme, während ihre Worte alles andere als das waren.

„Welche Art von Lady spricht so?", reizte er sie.

„Eine Lady, die eine Pistole auf dich richtet", antwortete sie so ruhig wie ein klarer, kühler Bergsee am Morgen.

*Eine verwegene Frau*

Scheiße, diese Frau war verdammt kratzbürstig.

Der Mann schenkte ihr ein kleines herablassendes Lächeln. „Komm schon, kleine Lady, steck das Ding weg, bevor du jemanden aus Versehen erschießt."

Bevor ich auch nur blinzeln konnte, hatte sie auf den Hut des Mannes geschossen, einige Zentimeter entfernt von seinem linken Ohr. Seine Hand ging instinktiv zu seinem Hut und er steckte seinen Finger durch das saubere kleine Loch. Jeder um ihn herum zuckte zusammen und duckte sich aus Angst, er könnte der nächste sein.

Auch wenn ich mich nicht bewegte, schwöre ich, dass mein Herz stoppte.

„Ich versichere dir, wenn ich schieße, dann nicht aus Versehen."

Heilige verdammte Scheiße. Wir waren mit *ihr* verheiratet?

Langsam erhob sie sich, wobei sie ihre Augen auf den Mann gerichtet hielt, und trat um ihren Stuhl. Sie war so winzig, dass sie nicht einmal bis zu meiner Schulter reichte. Wie sie überhaupt so eine schwere Pistole halten konnte, überstieg meine Vorstellungskraft. „Und das Loch in deinem Hut war ein Warnschuss. Gentlemen, anscheinend ist es Zeit für mich, zu gehen. Danke für das Spiel."

Die Stimme der Frau schwankte nicht. Sie schwitzte nicht. Zeigte nicht einmal den kleinsten Hauch von Nervosität. Aus irgendeinem unerklärlichen Grund wurde mein Schwanz hart. Sie war nicht nur eine Vixen, sie war eine rothaarige Scharfschützin, die wusste, wie man Poker spielte – und gewann. Und jetzt, da sie stand, konnte ich sehen, dass wundervoll pralle Brüste ihr sittsames Kleid ausfüllten.

„Fuck", flüsterte ich, als sie sich zur Tür wandte.

Die Männer machten ihr mit beeindruckender Eile Platz, als sie an ihnen vorbeiging. Ich hatte solches nervöses und vorsichtiges Verhalten von einem Haufen Männer bisher nur gesehen, als vor ein paar Jahren ein tollwütiger Hund die Hauptstraße Jaspers entlanggelaufen war. Spur und ich traten zurück und erlaubten ihr, aus der Tür zu laufen. Ein Hauch von Feuerrot war das Letzte, was wir durch das Fenster sahen, bevor sie den Gehweg hinablief, so steif und geziert, wie man nur konnte.

Männer umringten den Idioten, der sich ihr entgegengestellt hatte. Einer reichte ihm ein Glas Whiskey, ein anderer inspizierte das Loch, das sie in seinen Hut geschossen hatte.

„Jetzt gehen wir." Spur setzte seinen Hut auf, verließ den Saloon und lief grinsend und Kopf schüttelnd unserer Frau hinterher. Ja, er war liebeskrank.

„Wurde auch verdammt nochmal Zeit", murmelte ich. „Das ist *meine* Frau." Ich setzte meinen Hut wieder auf und folgte ihm. Mein Schwanz wusste, was er wollte und er wollte *sie*. Hoffentlich würden wir nicht erschossen werden, bevor wir uns vorstellen konnten.

---

Dr. Spurgeon Drews

Ich war verliebt. Es traf mich wie eine Schlammlawine, hat mich von den Füßen gerissen und davongetragen. Das Beste war, dass ich in eine Frau verliebt war, die bereits meine Ehefrau war. Und das machte es noch viel besser.

Patricia Strong. Strong wie stark. Ja, der Name passte zu ihr.

Während ich ihr den Gehweg hinab folgte, erfasste ich ihre Größe. Winzig. Ihre Taille. Schmal. Ihr Busen. Üppig.

*Eine verwegene Frau*

Ihre Haare. Leuchtendes Feuer. Ihr Geist. Wild. Der Schwung ihrer Hüften. Verführerisch.

Ich würde dem Versandbrautbüro in Wichita ein Telegramm schicken und mich bei dem Mann bedanken müssen. Sie war alles, was ich mir von einer Frau wünschte, es aber nie gewusst hatte. Normalerweise zog ich sanftmütige Frauen mit hellen Haaren und einer schlanken Figur vor. Vielleicht war das der Grund, warum ich zweiunddreißig Jahre lang Junggeselle geblieben war. Ich hatte mich zu der falschen Sorte Frauen hingezogen gefühlt. Aber allein der Anblick des kleinen, kurvenreichen Teufelsweibs ließ mich steinhart werden. Ich hatte noch nicht einmal mit ihr geredet. Ich hatte sie nicht geküsst, ihr ihre Kleider vom Leib gerissen, sie dazu gebracht, meinen Namen zu schreien. Sie mit meinem Samen gefüllt.

„*Deine* Frau?", fragte ich Lane, um auf seinen Kommentar zu antworten. Er lief neben mir. Da es so heiß war, war ich froh, dass wir auf der schattigen Seite der Durchgangsstraße liefen. Wir waren als Brüder aufgewachsen, seit wir acht waren und kannten uns so gut, dass wir uns problemlos gegenseitig necken konnten. Sogar betrunken. Sogar über dieselbe Frau.

Zumindest waren wir dieses Mal einer Meinung. Die Frau gehörte uns beiden. Zusammen. Rechtlich gehörte sie überall zu mir. Hoffentlich steckte in ihrer kleinen Tasche – gemeinsam mit einer rauchenden Pistole und einem Haufen Pokergewinne – ein Stück Papier, das besagte, dass wir per Stellvertreter verheiratet waren. In Slate Springs war sie per Gesetz auch mit Lane verheiratet.

Ich hatte mehr nahen Kontakt zu Frauen als die meisten Männer. Da ich Arzt war, kümmerte ich mich um sie, wenn sie verletzt waren, besuchte sie, wenn sie kranke Kinder hatten, brachte ihre Babys zur Welt, wenn es so weit war. Manche von ihnen sah ich sogar öfter als ihre Ehemänner.

Ich betrachtete Frauen immer durch eine klinische Brille, um sicherzustellen, dass das angemessene Arzt-Patienten-Verhältnis gewahrt wurde. Aber bei Miss Strong dachte ich anders. Ich dachte...mehr. Papier oder nicht, die Stadtgesetze mal außer Acht gelassen, sie war die Unsere. Ich sah es in Lanes Blick, während er sie beobachtete. Ich spürte es bis in mein Knochenmark.

„Lil wird sie lieben", sagte ich.

Lane stoppte, wodurch er die Passanten dazu zwang, um uns herum zu laufen. „Wahrscheinlich, aber ich will nicht, dass sie sich kennenlernen. Denkst du nicht, dass es Miss Strong stören wird, dass sie mit zwei Männern verheiratet ist, deren Mütter Huren waren? Dass wir uns jetzt um die Frau kümmern, die uns ein Dach überm Kopf gegeben und mit Essen versorgt hat? Dass sie ebenfalls eine Hure war, dann eine Bordellbesitzerin?"

Das hatte ihn schon immer gestört, dass seine Geburt ihn mit einem Stigma belegt hatte. Mich ebenfalls, aber ich hatte nicht zugelassen, dass es tiefe Wurzeln in mir schlug. Andererseits war seine Mutter nicht nur eine Hure gewesen, sondern auch böse und gemein. Sie hatte ihren Sohn sogar an ihre verdorbeneren Kunden verkauft. Er sprach nicht darüber, bestätigte nicht einmal, was ihm angetan worden war. Es war, als ob er diesen Teil seiner Seele mit einer hohen Mauer abgeriegelt hätte. Glücklicherweise waren wir beide darüber hinausgewachsen. Er war ein reicher Minenbesitzer und ich Arzt. Wir hatten mehr aus uns gemacht, als sich alle vorgestellt hatten und vielleicht hatten wir es auch getan, um allen zu zeigen, wie falsch sie lagen. Aber Lil hatte immer an uns geglaubt, hatte uns bei sich aufgenommen. Nachdem unsere Mütter gestorben waren, war sie diejenige gewesen, die sich um uns gekümmert hatte – die uns gerettet hatte – so gut es eben eine Bordellbesitzerin mit zwei wilden Jungs tun konnte.

„Sie flucht wie deine Minenarbeiter und schießt besser als wir beide – zusammen. Ich bezweifle, dass unsere Vergangenheit sie stören wird."

„Lil lebt immer noch. Die Vergangenheit ist noch nicht tot." Ich erkannte den flachen Tonfall seiner Stimme. Nein, ich bezweifelte, dass die Vergangenheit für Lane jemals tot sein würde.

Ich dachte an die kräftige Frau, die sich von niemandem etwas gefallen hatte lassen und deren Körper jetzt wegen einer Krankheit zerfiel. Trauer hatte beide unsere Herzen hart werden lassen. Sie war für uns da gewesen, als wir sie am meisten gebraucht hatten und jetzt war es an uns, für sie da zu sein. Als Arzt fiel es mir schwer, dabei zuzuschauen, wie sie dahinsiechte, vor allem da es meine Aufgabe war, Menschen zu retten. „Nein, noch nicht."

Ich sah die Straße hinunter. Miss Strong hatte an einer Straßenecke angehalten und wartete darauf, dass die Wägen und Pferde auf der Straße vorbeizogen.

„Lil wird sie lieben", wiederholte ich. Worte waren nicht immer zutreffend, aber indem ich diese aussprach, fühlte ich mich besser. Als Lane mit dem Kopf nickte, wenn auch widerwillig, wusste ich, dass er das Gleiche empfand. Lil wollte, bevor sie starb, die Frau kennenlernen, die unsere Frau sein würde, aber Lane war immer noch gegen diese Idee.

Zuerst mussten wir jedoch unsere Braut für uns beanspruchen. Wir holten sie ein, bevor sie den Gehweg verließ.

„Miss Strong", sagte ich zu ihrem Rücken.

Sie drehte sich nicht um, sah nur nach links und rechts, während sie darauf wartete, dass ein Wagen, der Whiskeyfässer geladen hatte, vorbeifuhr.

„Miss Strong", rief ich wieder, dieses Mal lauter, da ich dachte, der Lärm der geschäftigen Durchgangsstraße wäre schuld, dass sie mich nicht gehört hatte.

Lane warf mir einen Blick zu. Sie war nicht taub. Sie hatte alles gehört, was dieses Arschloch im Saloon zu ihr gesagt hatte.

Wir stellten uns links und rechts neben sie und ich ergriff sanft ihren Ellbogen. „Miss Strong", wiederholte ich ein weiteres Mal, während ich auf sie hinabsah.

Überrascht weiteten sich ihre grünen Augen, während sie ihr Kinn reckte und aus meinem Griff trat.

Obwohl ich nicht begeistert war, dass sie bei meiner Berührung erschrocken war, so war ich doch froh, dass sie nicht ihre Pistole herausgezogen und mich erschossen hatte.

**3**

pur

„OH, ÄHM, JA."

Mit meiner freien Hand hob ich meinen Hut an. „Ich bin Spurgeon Drews. Aber da mein Name ein ziemlicher Zungenbrecher ist, nennt mich jeder Spur. Ich entschuldige mich dafür, dass ich Ihre Ankunft verpasst habe. Die Kutsche ist normalerweise nicht so früh dran."

Ihre Augen weiteten sich leicht, während sie mich ansah. Mich musterte, wie ich sie musterte.

„Spur? Faszinierender Name. Ähm…ja, der Kutscher hatte es eilig, weiter zu fahren."

Aus der Perspektive eines Arztes schien sie Anfang zwanzig zu sein, gut genährt, gesund und mit Hüften und Brüsten, die dafür geschaffen waren, ein Baby zur Welt zu bringen und zu nähren. Ihr Teint deutete auf keine Leberprobleme hin, ihre Augen waren klar, was mir verriet, dass sie keine Säuferin war. Sie trug keine Brille und anscheinend musste meine einzige Sorge sein, dass sie ihr Gehör aufgrund von Pistolenschüssen verlieren würde.

Aus der Perspektive eines Mannes war sie umwerfend. Ihre Wimpern und Augenbrauen waren so rot wie die wilde Masse auf ihrem Kopf, was nur die smaragdgrüne Farbe ihrer Augen betonte. Sie hatte helle Haut, Sommersprossen zierten ihre Nase und Wangen. Ihr Mund war lieblich und hatte eine volle Unterlippe. Ihr Gesicht war rund und ich nahm an, dass sie ein Grübchen auf der Wange hätte, wenn sie lächelte. Sie reichte bis zu meiner Schulter, weshalb sie recht klein war, aber es mangelte ihr nicht an Kurven. Ich war begierig, meine Hände auf sie zu legen und meinen Schwanz in sie zu stecken.

Sie blinzelte einmal, dann noch einmal und errötete. „Oh, ich…es tut mir leid. Ich muss zugeben, Sie haben mich überrascht."

„Das beruht auf Gegenseitigkeit", murmelte Lane. Mir entging der leichte Sarkasmus in seinem Ton nicht, aber ihr schon. Ja, sie war wirklich überraschend. Wenn wir gewusst hätten, dass sie so hübsch und absolut…frech wäre, hätten wir das morsche Holz in der Mine ignoriert und das ganze Ding einstürzen lassen.

„Darf ich Ihnen Mr. Lane Haskins vorstellen?"

Lane hob seinen Hut an. Ich erkannte, dass ihm das, was er aus der Nähe sah, genauso gefiel wie mir.

„Er ist ziemlich vertrauenswürdig und wie Sie gerade herausgefunden haben, hat er auch einen trockenen Humor", fügte ich hinzu. „Auch wenn wir keine Brüder sind, wuchsen wir gemeinsam auf, seit wir klein waren."

Ich verzichtete auf die Details darüber, dass unsere Mütter Huren waren und wir, anstatt in einem traditionellen Haushalt in einem Bordell in Denver aufgewachsen waren.

Lane mischte sich ein, vielleicht damit ich ihr nicht mehr

über ihn erzählen konnte. „Haben Sie eine Tasche dabei?" Sie führte nur ihr schwer beladenes Täschchen mit sich.

Sie sah nach unten, als ob sie überrascht wäre, dass sie nicht bei ihr wäre. „Oh, ich habe sie bei dem Mann am Mietstall gelassen."

Nickend nahm ich wieder ihren Ellbogen, wobei mich ihre zarten Knochen unter meinen Fingern an ihre Größe erinnerten. „Exzellent, da wir ohnehin dorthin zurückkehren müssen, um unsere Tiere zu holen. Wir werden noch heute nach Jasper reisen, da es zu dieser Jahreszeit lange hell ist. Sie sind doch nicht zu erschöpft zum Reiten nach Ihrer Reise heute Morgen?"

Lane deutete nach rechts und dann führte er den Weg zum Mietstall an.

„Nein, mir geht es ziemlich gut. Wie weit entfernt ist Jasper?"

Wir schlängelten und schoben uns an den anderen Menschen auf dem Gehweg vorbei und mir entging nicht, wie die anderen Männer Miss Strong anstarrten. Nein, Mrs. Drews, denn sie war meine Ehefrau. Ich war nicht eifersüchtig. Tatsächlich schwoll ich innerlich vor Stolz an, da ich wusste, dass die Männer sie zwar anschauen konnten, aber Lane und ich diejenigen waren, die sie berühren würden.

„Wir werden die Schlucht hinauf reisen und in die Berge. Wenn alles gut geht, sollten wir kurz nach Einbruch der Dunkelheit dort ankommen."

„Und dort leben Sie?", wollte sie wissen.

„Lane lebt dort." Ich deutete mit dem Kopf zu ihm. „Ich bin der neue Arzt in einer Stadt namens Slate Springs. Sie liegt oberhalb von Jasper, höher in den Bergen." Als wir die Straße überqueren wollten, kam ein Mann auf einem Pferd in unsere Richtung geritten. Die Hufe wirbelten

Staubwolken auf, weshalb ich ihren Ellbogen drückte und wir anhielten, um ihn passieren zu lassen.

„Ich verstehe", antwortete sie, als wir weiterliefen.

Ihre schlichte Antwort war das Letzte, worüber wir sprachen, bevor wir den Mietstall erreichten. Ich bezweifelte, dass sie überhaupt irgendetwas *verstand*, da sie aus Kansas kam, wo es keine Berge gab, aber Lane und ich freuten uns darauf, ihr alle Informationen bezüglich unserer Vereinbarung mitzuteilen.

„Haben Sie Hunger, Miss Strong?", fragte Lane. „Wir haben Essen für unsere Rückreise organisiert, aber Sie müssen beim Kartenspielen einen ziemlichen Appetit entwickelt haben."

Wir stoppten vor dem Mietstall. Der intensive Geruch von Tieren drang aus dem geöffneten Tor.

Da sie in die Sonne sah, blickte sie Lane mit zusammengekniffenen Augen an. Es war schwer zu sagen, ob sie errötete oder ob ihr von der Sonne einfach zu warm war. Es war ziemlich heiß für einen Juli, andererseits waren Lane und ich auch eher an die kühleren Temperaturen in den höheren Lagen gewöhnt.

Der Mann, dem der Mietstall gehörte, trat aus dem Gebäude, winkte uns und ging dann davon, um unsere Tiere zu holen.

Ich hielt nach wie vor ihren Ellbogen fest, sodass ich sie in die Tiefen des Stalls steuern konnte. Wir liefen an dem Mann vorbei, der eines unserer Tiere hinaus zum Anbindebalken führte, um es dort anzubinden. „Ich möchte ein privates Gespräch mit meiner Frau führen", erklärte ich ihm, als wir in den spärlich beleuchteten, leeren Stall traten.

Er zuckte im Vorübergehen nur mit den Achseln und lief ohne ein Wort nach draußen. Entweder führte er selbst einige *Gespräche* mit seiner Frau oder es war ihm egal.

„Sie haben das im Saloon gesehen, oder?", fragte sie und sah von Lane zu mir, dann zurück.

„Das haben wir", bestätigte ich.

„Haben Sie vor uns zu erschießen?", fragte Lane.

Sie verzog die Augen zu Schlitzen. „Habe ich denn einen Grund dazu?"

Ich streckte meine Hand aus. Wartete.

Sie brauchte einen Moment, um meine stumme Forderung zu verstehen. Sie griff in ihr Täschchen, zog die Pistole heraus und legte sie auf meine Handfläche. Ich sah schnell nach der Munition und steckte sie dann in die Halterung an der Vorderseite meiner Hose.

„Vorsichtig", warnte sie. „Sie wollen doch nichts wegschießen."

Ich konnte sehen, wie Lanes Lippen zuckten und ich musste mich räuspern, um nicht laut loszulachen. „Es freut mich, zu wissen, dass Sie sich solche Sorgen um meinen... Körper machen. Ich versichere Ihnen, dass ich gesund und munter bin und alles an meinem *Körper* perfekt funktioniert."

Jetzt war sie es, die sich räusperte, aber sie sah zudem weg. Zum ersten Mal wirkte sie nicht so selbstsicher. Unter all ihrem Gehabe war sie unschuldig. Zumindest auf die eine Art, die zählte. Obwohl ich ihre Jungfräulichkeit nicht als Bedingung ansah, wusste ich es definitiv zu schätzen, dass Lane und ich die Ersten sein würden, die ihr das Vergnügen zeigten, das zwischen einer Frau und ihrem Ehemann gefunden werden konnte. Nein, Ehemännern.

„Sie schießen ziemlich gut."

„Der alte Knacker?", fragte sie.

Ich hob meine Augenbraue über ihre Beschreibung des Mannes, der sie bedroht hatte.

„Ich nehme an, Sie haben nicht damit begonnen, indem Sie auf Leute gezielt haben."

Sie schüttelte den Kopf. „Nein. Ich habe fünf Brüder, also

war es selbstverständlich, dass ich es lernen würde. Sie haben Flaschen auf einem Zaunbalken aufgereiht. Ich schieße *selten* auf Menschen."

Ich fragte mich, wie viele andere eine Begegnung mit ihr und ihrer Waffe gehabt hatten.

„Diese fünf Brüder", merkte Lane an. „Haben Sie jemals einen von ihnen erschossen?"

Da lächelte sie, bevor sie sich dessen bewusstwurde. Es verblasste. „Nein. Das habe ich nie, obwohl ich es ab und zu gerne getan hätte. Harry hat Frank einmal in den Fuß geschossen, aber dabei wurde nur das Leder beschädigt und sein kleiner Zeh gestreift. Er hatte auf einen Ast bei der Scheune gezielt." Sie schüttelte ihren Kopf. „Er ist ein schrecklicher Schütze."

Ich schwieg, während ich ihrer Geschichte lauschte.

„Haben Sie vor, mir die zurückzugeben?", fragte sie und schielte auf ihre Waffe.

„Wir müssen zuerst über einige Dinge reden und ich würde mich gerne in Sicherheit wissen, bis wir damit fertig sind."

„Ist es so schlimm?", fragte sie und biss plötzlich besorgt auf ihre Lippe. Sie sah sich im Stall um und bemerkte, dass wir ganz allein waren.

„Ganz im Gegenteil. Ich gestehe, Patricia…darf ich Sie so nennen?", fragte ich, um zukünftig das intimere „Du" nutzen zu können.

Sie biss auf ihre Lippe, dann sagte sie: „Auch wenn, ähm, meine Name Patricia ist, werde ich Piper genannt."

Piper. Ein ungewöhnlicher Name und er passte besser zu ihr als Patricia. „Ich gestehe, Piper, dass ich ziemlich überrascht von dir bin. Und erfreut, dass du meine Frau bist", fügte ich hinzu, als ich die Sorge auf ihrem Gesicht sah.

„Frequentierst du häufig Saloons?", fragte Lane, der nun

ebenfalls auf das „Sie" verzichtete und an der Stallwand lehnte.

Sie sah ihn an und ich bemerkte, wie sich ihre Hände an ihren Seiten zu Fäusten ballten. „Ich musste Geld verdienen", entgegnete sie.

„Und warum?", fragte er.

Piper verschränkte die Arme vor ihrem üppigen Busen. Mein Schwanz zuckte bei dem Anblick. Ich war mir sicher, dass dort unter der zarten Haut ein feines Spinnennetz dünner Adern sichtbar wäre. Und ihre Nippel? Vielleicht ein sattes korallrot. Aber wären sie groß oder klein?

Ihr Kinn hob sich. „Ihr wart nicht da, als ich ankam und ich hatte kein Geld für Essen oder einen Schlafplatz."

„Also hast du die Männer um ihr schwer verdientes Geld gebracht?"

Ihre Wangen waren jetzt von einer zarten Röte überzogen und ihre grünen Augen funkelten vor Wut, die direkt auf Lane gerichtet war. „Sie mögen vielleicht schwer für das Geld gearbeitet haben, aber ich habe sie nicht an ihren Ohren in den Saloon gezerrt oder dazu gezwungen, zu spielen. Ich habe mir das Geld von ihnen *verdient*. Aufgrund der Tatsache, dass ich in den Hut eines Mannes schießen musste, würde ich sogar sagen, dass es schwer verdient war." Sie holte kaum Luft, während sie sprach, die Worte sprudelten nur so aus ihr heraus. „Darf ich Sie fragen, Mr. Haskins, ob Sie jemals auf jemanden schießen mussten, obwohl Sie auf faire Weise gewonnen haben, nur weil jemand nicht akzeptieren konnte, dass sein Ego verletzt wurde, weil er gegen eine Frau verloren hat?"

„Ich trenne mich gerne von meinem Geld und allem anderen, das du dir wünschst. Für uns beide. Ohne dass Schießen involviert ist."

Ihr Mund klappte auf und ich konnte eine gerade Reihe

weißer Zähne sehen. „Es steht Ihnen nicht zu, so zu sprechen."

Jetzt klang sie wieder wie die anständige Madame. Faszinierend.

„Und dir steht es nicht zu, dich so zu verhalten. Du wirst nicht in Saloons gehen und Kartenspielen. Allein. Du wirst dein Schicksal nicht mit ungesitteten, gefährlichen Männern herausfordern."

Ihre grünen Augen verdunkelten sich und ihre Wangen röteten sich. „Wer bist du, dass du denkst, du könntest mir sagen, was ich tun und nicht tun kann?", fragte sie und vergaß in ihrer Wut ganz das förmliche „Sie".

„Vielleicht ist jetzt der perfekte Zeitpunkt, um dir von unserer Ehe zu erzählen", unterbrach ich sie. „Die Stadt Slate Springs ist ziemlich klein. Bergbau ist eine der Hauptquellen für Arbeit und Einkommen. Deshalb gibt es dort eine große Anzahl Männer. Das Verhältnis von Männern zu Frauen ist sehr unausgewogen. Letztes Jahr hat die Stadt ein Gesetz verabschiedet, das erlaubt, dass eine Frau mehr als einen Ehemann haben darf."

Bist jetzt hatte sie Lane aufmerksam gemustert, da er sie eindeutig wütend machte und nach dem Grinsen auf seinem Gesicht zu schließen, genoss er das.

„Wie bitte?", fragte sie. Ihre Frage war so prüde, dennoch wusste ich, dass sie alles andere als das war.

„Du bist mit mir verheiratet…und Lane. Deswegen kann und wird er dir sagen, dass es dir nicht länger erlaubt ist, zwielichtige Saloons zu besuchen. Irgendeinen Saloon was das betrifft."

„Habt ihr euren beschissenen Verstand verloren?", fragte sie, wirbelte herum und lief in dem kleinen Raum im Kreis. Als sie bemerkte, wie nah sie uns dabei kam, hielt sie an und sah von uns weg, richtete ihre Augen auf die windschiefen Bretter der gegenüberliegenden Wand.

Lane lachte. „Das ist besser. Ich hatte schon kurz Sorge, dass du von einer anständigen Lady besessen worden bist, Piper."

Sie wirbelte auf ihrer Ferse herum und sah Lane aus schmalen Augen an. Ihr Täschchen stieß gegen ihren Schenkel und die Münzen darin klimperten. Ja, es war gut, dass ich die Pistole hatte.

„Ich kann nicht mit euch beiden verheiratet sein!"

„Ich versichere dir, das kannst du", entgegnete ich.

Ich hasse es, dass ich manchmal der Vernünftige sein musste. Ich wusste, dass Lane sie absichtlich wütend machte, aber dadurch würde er auch der Empfänger ihrer Leidenschaft sein. Wir mussten nur ihre Überraschung überwinden.

„Er wohnt in Jasper." Sie deutete wieder auf Lane. „Mit *ihm* werde ich also nur auf dem Papier verheiratet sein."

Lane schüttelte langsam seinen Kopf und lächelte. „Oh, nein, Schatz. Das wird nicht eine von diesen Ehen sein. Ich versichere dir, dass ich es sehr ernst nehme, dein Ehemann zu sein. Das bedeutet die Braut heiraten und sie auch ins Bett geleiten."

## 4

pur

Sie keuchte.

„Er zieht nach Slate Springs", erklärte ich in der Hoffnung, dieses Gespräch voranzutreiben, bevor uns der Mann des Mietstalls unterbräche.

„Damit ich jede Nacht neben dir schlafen kann." Lane grinste breit und anzüglich.

Sie sah zu mir auf der Suche nach…Bestätigung? „Jetzt verstehe ich, warum ich meine Pistole nicht haben darf", grummelte sie. „Das kann doch nicht einmal gemacht werden. Kann es? Ich meine, es ist…körperlich nicht möglich."

Als Arzt hatte ich bereits so einiges Interessantes gesehen und gehört. Dies allerdings war…fantastisch. „Als Arzt versichere ich dir, dass es möglich *ist*, mit zwei Männern zu schlafen. Zur gleichen Zeit."

Und ich wollte, dass wir das bald taten. Sehr bald. Ich

wollte sie entjungfern, herausfinden, ob sie im Bett ebenfalls eine Wildkatze war und sie gemeinsam mit Lane nehmen. Einer in ihrer Pussy, der andere in ihrem Arsch.

Lane nickte zustimmend, aber sie schürzte nur ihre Lippen und wurde so rot wie ihre Haare.

„Du hast eine lange Reise von Kansas hinter dir. Ich nehme an, du hattest genügend Zeit, um darüber nachzudenken, wie unsere Ehe aussehen würde. Was hast du erwartet?"

Sie zuckte mit den Achseln. „Außer nur einem Mann? Liebe, Aufmerksamkeit. Ergebenheit. Treue. Anziehung."

„Danke, dass du das mit uns geteilt hast", erwiderte ich. Es war nicht einfach, über solche Dinge zu reden, vor allem nicht mit zwei Männern, zwei Fremden, die, wie sie gerade erst erfahren hatte, ihre Ehemänner waren. Sie nahm die Neuigkeit, dass sie mit uns beiden verheiratet war, tatsächlich viel besser auf, als ich erwartet hatte. Aufgrund ihres Verhaltens im Saloon und dem Wissen, dass sie fünf Brüder hatte, glaubte ich, dass sie keine Frau war, die zu albernem Verhalten neigte oder weinte. Hysterie schien nicht ihr Ding zu sein.

„Liebe wird, hoffe ich, entstehen", fügte ich hinzu.

„Was unsere Aufmerksamkeit betrifft, die hast du definitiv, Süße", ergänzte Lane. „Wir können unsere Augen nicht von dir abwenden."

„Ergebenheit und Treue sind sich ziemlich ähnlich. Es tut uns beiden sehr leid, dass wir dich an der Haltestelle verpasst haben, aber ich versichere dir, wir nehmen dich und unsere Ehe sehr ernst."

„Was Anziehung angeht..." Lane stieß sich von der Wand ab und lief zu Piper. Er stand so nah vor ihr, dass sie ihren Kopf in den Nacken legen musste, um ihn anschauen zu können. Seine Hände hoben sich und streichelten über ihre Haare, als ob er überprüfen wollte, welche Farbe sie wirklich hatten. „Was Anziehung angeht, darüber musst du dir deinen hübschen Kopf wirklich nicht zerbrechen. Tatsächlich kann ich es dir sehr gerne beweisen."

Ihre Augen weiteten sich, kurz bevor er seinen Kopf senkte und sie küsste. Der Laut, der sich ihrer Kehle entrang, als seine Lippen über ihre strichen, ließ meinen Schwanz anschwellen. War das ihr erster Kuss? Ich hätte eifersüchtig auf Lane sein sollen, weil er meine Frau küsste, aber das war ich nicht. Wir hatten uns zuvor schon eine Frau geteilt, aber Piper war anders. Allein das Wissen, dass sie die Unsere war, machte sie zu *mehr*.

Ich erkannte den Moment, in dem Lanes Zunge ihre Lippen berührte, da sie keuchte, was er sofort ausnutzte. Wie es seinem Charakter entsprach, ging er nicht zögerlich vor, sondern küsste sie ziemlich forsch. Ihre Hände hoben sich zu seiner Brust, damit sie das Gleichgewicht wahren konnte, aber darum hätte sie sich keine Sorgen machen müssen. Lane würde nicht zulassen, dass ihr irgendetwas geschah. Und ich genauso wenig.

„Ich bin dran", sagte ich mit tiefer und rauer Stimme, als meine Geduld immer weniger wurde.

Lane hob seinen Kopf und lächelte, betrachtete ihr Gesicht. Ihre Augen waren geschlossen, ihre Wangen gerötet, ihr Mund feucht und geschwollen. Als sich ihre Augenlider flatternd öffneten, stellte ich mich vor sie und Lane trat mir aus dem Weg. Ich wartete nicht, gab ihrem Verstand keine Chance, den erregten Nebel, der mit dem Kuss aufgezogen war, zu durchbrechen.

Ihren Kopf mit meinen Händen umfassend, beugte ich mich nach unten und legte meinen Mund auf ihren. Da sie bereits geküsst worden war und sie sich für das Konzept erwärmt hatte, ging ich nicht behutsam vor. Ich konnte nicht, nicht nachdem ich gesehen hatte, wie sie sich allein gegen einen wütenden Mann im Saloon verteidigt hatte.

*Eine verwegene Frau*

Nicht nachdem ich ihr hübsches Gesicht angeschaut, ihre kratzbürstige Art kennengelernt und ihr farbenfrohes Vokabular gehört hatte. Alles an ihr faszinierte mich und ich wollte darin, in sie, eintauchen.

Beim Küssen schien Piper ebenso wenig zimperlich zu sein wie in anderen Bereichen. Ihre Zunge kam meiner bereitwillig entgegen und der Kuss wurde schnell leidenschaftlicher. Mein Blut erhitzte sich, mein Schwanz schwoll an, mein Verlangen nach ihr rauschte an, wie eine Dampflock ohne Bremsen. Ich entfernte meine Hände nicht von ihrem Gesicht, da ich befürchtete, dass ich sie ansonsten in die dunkele Stallecke drängen und ihr das Kleid vom Körper reißen würde. Das würde noch kommen, aber nicht bis wir in Lanes Haus in Jasper waren. Heute Abend.

Fürs Erste konnte ich etwas über sie lernen, das mir Worte nicht vermitteln konnten. Meine Hände wanderten über ihren Körper, spürten die weichen Kurven durch ihr Kleid. Ihre schmale Taille, ihre runden Hüften, dann nach oben zu den kleinen Erhebungen ihrer Rippen und dann noch höher, um ihre vollen Brüste zu umfassen.

Sie keuchte, als ich sie in meinen Handflächen hielt. Ich spürte ihr Korsett, dessen Steifheit ihre Brüste hielt und nach oben hob, aber ich konnte dennoch spüren, wie schwer und üppig sie waren. Ich konnte sogar die harten Knospen ihrer Nippel fühlen. Ganz plötzlich spürte ich, wie sie sich fallen ließ, ihr Körper weich wurde und sich entspannte, wodurch ich gezwungen war, meinen Griff zu verstärken, um sie davon abzuhalten, auf den harten Boden zu fallen.

Mein Schwanz pulsierte und drückte sich schmerzhaft gegen die Vorderseite meiner Hose. Er wollte raus. Es wäre so leicht, das zu tun, sie einfach umzudrehen und gegen die Wand zu drücken. Lane würde mir dabei helfen, den Saum ihres Kleides hochzuheben und den Schlitz in ihrem Schlüpfer zu finden. Er würde die Knöpfe ihres Kleides aufreißen und mit ihren Brustwarzen spielen, während ich sie fickte, ihr Jungfernhäutchen durchbrach und sie zu der Meinen machte.

Sie würde es auch zulassen. Nach dem zu urteilen, wie sie sich im Saloon verhalten hatte, kannte sie keine Angst und das würde ihr beim Zusammensein mit uns nur dienlich sein. Wir waren fordernde Männer und es würde für sie einfacher sein, wenn sie leicht erregbar war. Wenn sie es wollte. Uns wollte. Und Gottseidank, tat sie das.

Ein Pferd wieherte in einer benachbarten Box und erinnerte mich daran, wo genau wir uns befanden. Ich würde meine Frau – meine Frau! – das erste Mal nicht in einer Pferdebox in einem Mietstall in Pueblo nehmen. Nein. Sie verdiente etwas Besseres als das und ich wollte sie an einem Ort nehmen, wo ich sie anschließend nicht von meiner Seite weichen lassen müsste. Tagelang. Ich bezweifelte, dass ich schnell genug von ihr haben würde. Genauso wenig wie Lane. Dessen war ich mir sicher.

Nachdem ich widerwillig meine Hände von ihren Brüsten genommen hatte, streichelte ich mit meinen Fingerknöcheln ihre Wange hinab, dann trat ich zurück. Ihre Augen waren jetzt geöffnet, ihr Blick ziellos. Ich griff nach unten und richtete meine Hose.

Lane gluckste laut. „Das Reiten wird die Hölle werden mit einem Ständer."

Als Arzt wusste ich, dass wir es überleben würden und dass es nur ein Heilmittel gab. Wir könnten beide unsere Schwänze packen und den angestauten Samen abspritzen, aber das war nicht das, was wir wollten. Wir wollten uns tief in Piper ergießen, sie als die Unsere markieren.

Sie stieß langsam Luft aus. „Ja, ich verstehe, was du meinst. Anziehung ist kein Problem."

Damit ergriff ich ihre Hand und zog sie aus dem Stall, bevor irgendeiner von uns seine Meinung ändern konnte.

PIPER

Wir ritten zu einem großen Haus am Rande Jaspers, als die Sonne unterzugehen begann. Eigentlich war die Sonne schon lange davor hinter den westlichen Hängen verschwunden, da wir uns in den Bergen befanden, aber erst jetzt änderte der Himmel seine Farbe von dunkelblau zu schwarz. Ich war noch nie zuvor in den Bergen gewesen und hatte nicht gewusst, dass die Dämmerung stundenlang andauern konnte. Zum Henker ich hatte sie bis heute Morgen, als die Kutsche in Pueblo eingefahren war, noch nicht einmal *gesehen* gehabt. Die Schönheit und Wildheit der Berge war unglaublich. Über der Baumgrenze gab es sogar noch immer vereinzelte Schneefelder. Es ähnelte kein bisschen den flachen Ebenen Kansas', wo es nichts zu sehen gab außer schwankendem Gras und Himmel.

Und hier wohnte Lane? In dieser hübschen Stadt, die sich in ein Tal zwischen Felswände und Kiefern schmiegte? Und das Haus…es war so groß. Das Haus meiner Eltern war klein und mit sechs Kindern war es sogar noch kleiner. Ich hatte mein eigenes Zimmer gehabt, weil ich das einzige Mädchen gewesen war, aber die Jungs hatten sich die zwei anderen Zimmer geteilt. Meine Eltern waren in einen kleinen Raum hinter der Küche gezogen, als ich geboren worden war, aber sie waren gestorben, als ich zwei war. Niemand hatte sich jemals über den beengten Raum beschwert, da meine Brüder und ich nichts anderes gekannt hatten. Lanes Haus zeugte allerdings allein durch seine Größe von seinem Reichtum. Er hatte nicht erwähnt, dass er Geld hatte und war schlicht gekleidet wie jeder andere in Pueblo in einfachen robusten Hosen, Stiefeln und einem

Hemd. Spur war derjenige, der sich mehr Gedanken über seine Kleidung zu machen schien.

Unsere Reise von Pueblo hierher war ruhig verlaufen, die Männer hatten mir erlaubt, meinen Gedanken nachzuhängen und dafür war ich dankbar. Meine Gedanken waren so verworren. Ich fühlte mich nicht nur schuldig, weil ich den Platz einer toten Frau eingenommen hatte, sondern auch, weil ich zwei Männer täuschte, indem ich sie glauben machte, dass ich ihre Auserwählte wäre. Männer, die zur anständigen Sorte zu gehören schienen. Und auch noch unglaublich gut aussahen.

Wie um Himmels willen war es passiert, dass ich jetzt mit *zwei* Männern verheiratet war? Als ich in der Kutsche mit Patricia gesprochen hatte, bevor sie gestorben war, hatte sie nichts von zwei Ehemännern erzählt. Das hätte sie sicherlich erwähnt. Und obwohl es in der Kutsche heiß gewesen war und ich bei manchen Teilen ihres Geplappers abgeschaltet hatte, hätte ich diese kleine Information nicht vergessen.

Meine Brüder würden auf jeden Fall eine kalte Spur vorfinden. Piper Dare war irgendwo im Osten Colorados verschwunden. Selbst wenn sie der Kutschroute bis nach Pueblo folgten, würden sie feststellen müssen, dass Piper Dare nie angekommen war. Nur Patricia Strong und die war ich mit Sicherheit nicht. Aber Spur und Lane dachten das.

Und meine Gedanken kehrten in einem schwindelerregenden Kreis zu ihnen zurück. Über eine Sache war ich mir sehr sicher und das war die Anziehung zwischen uns. Wir waren wie Öl und Wasser – in der einen Minute stritten wir noch und in der nächsten küssten wir uns. Und der Kuss! Nein, die *Küsse*. Die Männer wussten auf jeden Fall, was sie taten, ganz im Gegensatz zu mir.

Während sich Lane um die Pferde kümmerte, füllte Spur eine Kupferwanne, die draußen auf der hinteren Veranda stand, mit Wasser aus einer Pumpe. Ein Eimer stand auf dem

Herd in der Küche und wenn dieser erst einmal warm wäre, würde er ihn mit den anderen in die Wanne schütten.

Ich saß in einem Schaukelstuhl und beobachtete seine Bemühungen und seine hochgerollten Hemdsärmel. Es war stockdunkel und nur der sanfte Schein der Laternen aus der Küche und der zwei, die er an der Veranda angebracht hatte, beleuchteten den Bereich, einschließlich der nahegelegenen Pumpe. Ich war in der Lage, Wasser selbst zu schleppen, aber Spur hatte nichts davon wissen wollen. Daher schaukelte ich nun vor und zurück und starrte dorthin, wo ich wusste, dass sich der Fuß des Berges befand. Lane kam um die Ecke und gesellte sich zu uns, noch bevor Spur seine Aufgabe zur Hälfte erledigt hatte.

„Das war schnell", merkte Spur an, kippte einen weiteren Eimer um und entleerte ihn mit einem lauten Platschen.

„Johnny Picket hat uns in die Stadt reiten sehen. Bevor wir aufgebrochen sind, hatte ich mit ihm vereinbart, dass er sich um die Tiere kümmern würde und er hat nach uns Ausschau gehalten. Ich denke, er hat es auf ein paar Münzen abgesehen."

„Will wahrscheinlich dem Minenbesitzer Honig ums Maul schmieren", erwiderte Spur.

„Du hast erwähnt, dass du eine Mine besitzt. Liegt sie in der Nähe?", fragte ich.

„Das tue ich. Im Moment zumindest. Sie liegt auf der anderen Seite der Stadt", antwortete Lane und deutete am Fuß des Berges entlang. „Die Piratenhöhle."

Ich lachte. „Ich wusste nicht, dass sie Namen haben."

Er schenkte mir ein entspanntes Lächeln. „Das haben sie alle."

„Und was ist die Geschichte hinter dem Namen deiner Mine?", fragte ich, während ich Spur beim Pumpen beobachtete. Seine Arm- und Rückenmuskeln bewegten und wölbten sich dabei. Obwohl die Luft kühler war, stand ihm der Schweiß auf der Stirn und sein Hemd klebte an seinem Körper.

„Als sie zuerst entdeckt wurde, hat man gescherzt, dass Piraten ihre Beute in der Öffnung versteckt hätten." Er zuckte mit den Schultern. Er hob seinen Fuß, sodass er auf einer höheren Stufe ruhte, dann legte er seinen Unterarm auf den Schenkel. „Das war nicht unbedingt meine erste Wahl, aber der Name ist hängen geblieben. Ich nehme an, du hast den Namen Piper auch irgendwie erhalten?"

„Meine Brüder mochten den Namen Patricia nicht. Das war die Wahl meiner Mutter, aber sie und mein Vater starben, als ich klein war. Also haben sie mich so genannt, wie sie wollten."

„Du hast von fünf Brüdern gesprochen?"

Spur schüttete das Wasser aus, stellte den Eimer neben die Brüstung und ging nach drinnen.

„Oh, ja. Fünf. Sie haben sich um mich gekümmert, aber sie waren ganz bestimmt nicht mütterlich."

„Du meinst das Schießen und Fluchen?"

Ich spürte, wie meine Wangen heiß wurden, aber ich würde mich nicht dafür schämen, wer ich war. Ich musste meine Zunge bezüglich der unflätigen Sprache zügeln, aber ich war froh, dass ich mich selbst verteidigen konnte.

„Unter anderem." Ich hob mein Kinn und faltete meine Hände im Schoß.

Spur kam mit einem dampfenden Eimer zurück und schüttete das Wasser in die Wanne.

Lane gluckste. „Schatz, ich kann mich nicht entscheiden, ob du prüde oder eine Wildkatze bist."

„Lass es uns herausfinden", meinte Spur. „Zeit zum Baden, Piper."

# 5

iper

„Was?" Ich sah mich um. Außerhalb des Lichtkreises der Laternen konnte ich nichts erkennen, aber das bedeutete nicht, dass uns niemand anderes sehen konnte. „Hier?"

Wenn ich das Kreischen in meiner Stimme hören konnte, dann konnten sie es auch.

„Es ist niemand in der Nähe, das versichere ich dir", erwiderte Lane. „In Jasper ist das Wetter nur für kurze Zeit so warm. Ich bade gerne draußen, wenn ich kann."

Spur wischte sich die Hände an einem Tuch ab, das er von der Brüstung zog. „Hast du noch nie zuvor draußen gebadet?"

„Als ich klein war, ja, aber da sich fünf Männer im Haus befanden, haben sie die Wanne neben den Herd in der Küche gestellt und ein Laken aufgehängt, um mir Privatsphäre zu geben."

Lane kam zu mir und streckte seine Hand aus. „Wir sind

definitiv nicht deine Brüder und vor uns brauchst du auch keine Privatsphäre."

„Oh, ja, das brauche ich!", schrie ich.

„Wo ist die mutige Frau, die wir im Saloon gesehen haben?"

„Ihr wollt, dass ich auf euch schieße?"

„Wir tragen keine Hüte, auf die du zielen könntest", konterte Spur und tippte sich gegen die Schläfe. „Schon bald werden wir überhaupt nichts tragen."

Ich konnte nicht anders, als meine Augen auf seinen Körper zu senken.

„Und wir möchten auf keinen Fall, dass du auf das, was abstehen wird, schießt." Lane grinste anzüglich zu seinem Kommentar, während Spur seine Augen verdrehte. Da ich so viele Brüder hatte, wusste ich genau, was er meinte.

„Aber…aber ich kenne euch kaum."

Lane nahm meine Hand und zog mich auf die Füße und direkt an seine Brust. Er legte seine Finger unter mein Kinn und neigte es nach oben. „Bevor die Nacht zu Ende ist, wirst du uns *sehr* gut kennen."

„Wäre es dir lieber, wenn wir dir unsere Rücken zukehren, während du dich entkleidest?", fragte Spur.

Lane sah über seine Schulter und während ich zwar Spur nicht sehen konnte, so konnte ich doch Lanes finsteren Blick sehen.

„Ja, bitte."

„Was ist mit der Anziehung passiert, Schatz?", wollte Lane wissen, der von mir wegtrat und mich an unser Gespräch nach dem Kuss in dem Mietstall erinnerte.

Er war so warm gewesen, als er sich gegen mich gedrückt hatte, dass sich beim Verlust seiner Körperwärme Gänsehaut auf meinen Armen gebildet hatte.

„Ich denke, ich bin zu nervös, um irgendeine Anziehung zu verspüren."

*Eine verwegene Frau*

Lane und Spur sahen mich beide an. Sie standen nebeneinander, groß und muskulös, dunkle Schatten fielen auf sie und ließen sie unglaublich bösartig aussehen, aber sie machten nicht den Eindruck, als wären sie das.

„Du solltest bei uns nicht nervös sein", meinte Spur. „Wir werden dir niemals wehtun."

Ich biss auf meine Lippe, da ich irgendwie wusste, dass er die Wahrheit sprach. Zumindest hoffte ich es.

„Ich bin nicht wegen *euch* nervös", erwiderte ich und sah hinab auf den Verandaboden. „Ich bin nervös wegen dem, was wir…tun werden."

„Vielleicht ist es ja wie ein Arztbesuch, man macht sich vorher umsonst einen Haufen Sorgen."

Spur verdrehte bei Lanes Worten wieder die Augen, dann boxte er ihn gegen die Schulter.

Lane zuckte zusammen und rieb sich über die Stelle, während Spur sprach: „Anders als bei einem Arztbesuch geht es beim Ficken allein darum, sich gut zu fühlen."

Ficken. Meine Brüder hatten nur allzu gern darüber geredet. Auch wenn sie versucht hatten, ihre Worte in der Gegenwart ihrer unschuldigen jüngeren Schwester zu mildern, hatte ich doch genug gehört. Ich wusste, dass sie die Huren in den Saloons von Wichita fickten. Andere Frauen ebenfalls und kannte auch einige obszöne Details. Obwohl ich mich bei manchen fragte, ob sie überhaupt möglich waren. Wie beispielsweise einen Schwanz in den Mund zu nehmen. Das erschien mir…merkwürdig. Warum würde irgendeine Frau das tun wollen?

„Das stimmt, Süße", fügte Lane hinzu, womit er mich aus meinen Gedanken riss. „Wir werden dafür sorgen, dass du dich sehr, sehr gut fühlst."

Ich schluckte, da ich wusste, dass sich das Selbstvertrauen der Männer bestimmt auf den Liebesakt auswirken würde. Und mich.

„Nimm die Seife, wir werden uns an der Pumpe waschen", erklärte Spur Lane. Er deutete mit dem Kinn zur Wanne. „Geh rein, bevor das Wasser kalt wird."

Er wartete nicht darauf, dass ich es tat, sondern drehte sich um und ging die Treppe hinab, um sich vor die Pumpe zu stellen, wo er einen Hosenträger von der Schulter zog, dann den anderen und sie zu seinen Schenkeln hinabbaumeln ließ.

Lane trat mit der Seife in der Hand aus der Küche und gesellte sich zu Spur. Ich stand auf, erstarrt an Ort und Stelle und beobachtete, wie sie ihre Hemden auszogen und überhaupt nicht auf mich achteten. Sie wandten sich sogar von mir ab, genau wie sie es versprochen hatten. Ich schluckte, als ihre kegelförmigen Rücken und breiten Schultern sichtbar wurden. Das flackernde Licht der Laternen brachte ihre Haut zum Leuchten, ihr Muskelspiel erzeugte einen starken Kontrast dazu.

Da mir bewusstwurde, dass ich sie angestarrt hatte und ich wusste, dass sie sich nicht ewig wie Gentlemen verhalten und mir ihre Rücken zukehren würden, zog ich mich schnell aus. Dabei lagen meine Augen die ganze Zeit über auf ihnen, um mich zu vergewissern, dass sie auch wirklich keinen Blick wagten. Anschließend kletterte ich in die Wanne. Das Wasser war warm und es fühlte sich gut an. Ich zog die Nadeln aus meinen Haaren, legte den kleinen Haufen auf die Brüstung und tauschte sie gegen das Seifenstück aus, das Spur mir dagelassen hatte. Meine Haare waren so lang, dass sie auf der Oberfläche trieben und sich ringelten.

„Wie ist das Wasser, Schatz?", rief Lane fragend über seine Schulter.

Ich erschrak und stoppte meine Hände bei seinen Worten. „Ziemlich angenehm, Dankeschön."

Daraufhin drehten sich beide Männer um und sahen mich an. Ich schluckte. Die Haare auf Lanes Brust waren hell,

Spurs hingegen waren ziemlich dunkel und verjüngten sich zu seinem Bauchnabel hin zu einer Linie, die in seiner Hose verschwand. Sie waren wirklich Prachtexemplare ihrer Gattung und ich hatte genügend Brüder, um einen Vergleich anstellen zu können. Obwohl ich nach wie vor nervös war, insbesondere, da ich nackt dasaß und nur von einer Kupferwanne verdeckt wurde, spürte ich dieses starke Ziehen ihrer Anziehungskraft. Nur eine tote Frau wäre immun gegen die beiden. Oh, Gott. Patricia. Sie war tot und ich saß in *ihrer* Wanne mit *ihren* Männern. Sie dachten, ich sei Patricia, dass ich rechtlich ihnen gehörte, obwohl es doch gar nicht stimmte. Ich war nicht ihre Frau und was wir gleich tun würden, war weit davon entfernt, richtig zu sein. Ich würde meine Jungfräulichkeit nicht nur einem Mann, sondern zweien schenken, von denen keiner mein Ehemann war. Ich musste ihnen die Wahrheit erzählen.

Die Blicke der Männer verdunkelten sich. Lanes Hände ballten sich zu Fäusten, während er mich anstarrte. Spur rieb sich mit der Hand über seinen Kiefer. Von der Veranda aus konnte ich das Kratzen seines Bartes hören. Sie wollten mich. *Mich!* Die Frau, die auf einen Mann in einem Saloon geschossen hatte und fluchen konnte wie ein alter Cowboy. Meine Brüder waren nicht hier, um sie wegzuschicken. Niemand war hier, um sie aufzuhalten. Einmal in meinem Leben konnte ich genau das tun, was ich wollte. Ich wollte, dass sie mich fickten. Das brachte mein Herz zum Klopfen und meine Finger packten den Wannenrand besorgt. Was, wenn ich es falsch machte? Was, wenn ich sie nicht zufriedenstellte? Ich war bisher nur von den beiden geküsst worden und das auch nur einmal.

Die Art, wie sie mich anstarrten, beseitigte immerhin ein paar meiner Sorgen. Sie hatten mich in einem höchst undamenhaften Moment im Saloon erlebt und sie begehrten mich trotzdem noch. Einige Fehler, die ich im Bett machen würde, waren nichts im Vergleich dazu. Sollte ich die eine Gelegenheit aufgeben, herauszufinden, wie es sich anfühlte, mit jemandem zu schlafen, nur weil ich ihnen erzählte, dass ich nicht die *echte* Patricia war? Zur Hölle nein. Ich würde ihnen die Wahrheit erzählen, aber nicht jetzt. Ich würde es um keinen Preis der Welt riskieren, ihre glühenden Blicke zu verlieren. Ich würde mir heute Nacht zugestehen. Morgen… nun, um morgen würde ich mir morgen Gedanken machen.

„Gefällt dir, was du siehst?", fragte Lane

Ich blinzelte und konzentrierte mich wieder auf sie. Ich holte tief Luft und nickte. Ich würde mir diese Gelegenheit nicht verwehren. Außerdem war ich niemand, der log. Na schön, ich tischte den beiden die größte Lüge aller Zeiten auf, aber ich tat es aus einem Grund. Für eine Nacht wilden Sex und ich bezweifelte, dass es ihnen sehr schaden würde. Zur Hölle, sie hatten gesagt, dass es nur Vergnügen geben würde. Sicherlich würde mir das nicht einmal Patricia zum Vorwurf machen.

Lane sah zu Spur. „Es ist Zeit."

Spur beugte sich nach unten und betätigte die Pumpe, sodass Wasser aus dem Rohr schoss. Schnell seiften sie ihre Oberkörper und Gesichter ein und wuschen die Seife mit Wasser ab. Dann öffneten sie ihre Hosen und schoben sie über ihre Hüften, sodass sie sich um ihre dicken Schenkel legten. Ihre Hintern waren muskulös und straff.

Ich keuchte, da sie keine Unterhosen trugen und ihre Schwänze frei vor ihnen wippten. Ich hatte ein oder zweimal die Schwänze meiner Brüder gesehen, wenn auch nur im Vorbeigehen und es war kein gerade reizvoller Anblick gewesen. Aber dies…zur Hölle. Beide Schwänze waren dick und lang. Lanes ragte aus einem Nest heller Locken, Spurs waren dunkel. Lanes Schwanz bog sich nach links und die Spitze war geweitet und sehr breit. Spurs neigte sich direkt hoch zu seinem Bauch und als er den Ansatz mit seiner seifigen Hand umfasste, quoll ein Tropfen Flüssigkeit aus der Spitze.

„Heilige Scheiße", murmelte ich, während ich mein Kinn auf den Wannenrand legte.

Beide Männer sahen bei meinen Worten hoch. Keiner von beiden schien sich an meiner unanständigen Wortwahl zu stören. Ganz im Gegenteil. Grinsend seiften und wuschen sie nun auch ihre...unteren Körperregionen, bis sie tropfnass und sehr, sehr sauber waren. Da sie keine Möglichkeit hatten, sich abzutrocknen, zogen sie ihre Hosen einfach wieder über ihre Hüften, aber knöpften sie nicht zu. Sie marschierten in meine Richtung, die Treppe hoch, glitschig und feucht, ihre Schwänze nur halb bedeckt.

Ich glitt der Länge nach in die Wanne weg von ihnen, wodurch das Wasser über die Seitenränder schwappte. Ich konnte nicht hinaussteigen, da nur eine dünne Kupferwand meine Sittsamkeit beschützte.

„Alles sauber, Schatz?", fragte Lane, ging direkt vor mir in die Hocke und wischte sich einen Wassertropfen vom Kinn, bevor er die Wanne für ein besseres Gleichgewicht packte.

„Oh, ähm...ja."

Spur kniete sich auf die andere Seite gegenüber von Lane und ich wusste, er konnte meinen Körper sehen. Ich sah zwischen den beiden hin und her, da ich mir unsicher war, was ich tun sollte. Ich fühlte mich wie eine in die Enge getriebene Maus.

„Ich weiß nicht", meinte Lane und nutzte meinen benebelten Verstand zu seinem Vorteil, indem er mir geschickt die Seife aus der Hand nahm. „Ich denke, wir werden das selbst überprüfen und nachschauen müssen."

„Überprüfen und – "

„Mmh, ja. Wir würden es gar nicht gerne sehen, dass du krank wirst", fügte Spur hinzu, wobei sein Blick unter die Wasseroberfläche glitt. Ich war dankbar für die Dunkelheit und hoffte, dass der Großteil meines Körpers im Schatten lag.

„Krank werden? Von Dreck?", widersprach ich. „Dann wären meine Brüder schon vor Jahren tot umgefallen."

„Dann werden wir dir mit deinen Haaren helfen", murmelte Lane und seine Augen wanderten über die Strähnen, von denen ich wusste, dass sie ungezähmt und wild um mich flossen.

Ich schüttelte den Kopf. „Das ist schon in Ordnung."

„Ja, das ist es", bestätigte Lane, hob eine lange Locke und spielte mit der feuchten Spitze. Hypnotisiert.

„Dann brauchst du unsere Hilfe nicht?", erkundigte sich Spur und sah über meine Schulter zu Lane.

Ich schluckte, leckte über meine Lippen. „Nein, Danke. Ich – "

Beide Männer erhoben sich abrupt. Lane griff nach unten und hob mich in seine Arme.

„Gut, dann ist es an der Zeit, dich zu der Unseren zu machen."

Ich schrie überrascht auf und wand mich.

„Vorsicht, Süße. Du bist glitschig, wenn du so nass bist", warnte mich Spur. Er schien der praktisch Veranlagte des Duos zu sein, aber er sagte Lane nicht, dass er mich runterstellen sollte.

Ich umklammerte Lanes Schultern und versuchte gleichzeitig, es nicht zu tun, da sie nackt und feucht und warm und muskulös waren. Ich konnte seine Arme um mich spüren, an meiner Seite und sogar an meinen Schenkeln. Ich war nackt!

„Ich kann es nicht erwarten, all die Stellen zu entdecken, an denen sie glitschig und feucht ist", murmelte Lane an meinem Hals.

„Lane! Lass mich runter. Das ist…oh, Gott. Bitte", schrie ich.

Ich kämpfte gegen seinen Griff an und Lane lockerte tatsächlich seinen Griff mit einer Hand. Plötzlich wurde ich hochgehoben und wie ein Sack Kartoffeln über seine Schultern geworfen. Ich starrte hinab auf die obere Wölbung seines Pos, die durch seine locker sitzende Hose entblößt wurde. Meine Brüste wurden gegen seinen harten Rücken gedrückt und mein Hintern ragte in die Luft. Das bedeutete –

„Lane!", schrie ich.

Eine Hand landete hart auf meinem Po. Er hatte mir auf den Hintern gehauen.

„Du impotenter Bulle! Lass. Mich. Runter."

Lane lachte. „Vertrau mir, Schatz, ich bin ein funktionstüchtiger Mann."

„Mir gefällt der Handabdruck auf ihrem Arsch, so schön rot", merkte Spur an. Nichts schien ihn aus der Ruhe zu bringen. Andererseits war er ja auch nicht nackt über jemandes Schulter geworfen worden. Nein, er stand bis zur Taille entblößt da, die Haut feucht, die Hose geöffnet, dass mir das Wasser im Mund zusammenlief. „Beruhig dich, Piper, oder es werden mehr Schläge folgen."

Spurs Worte beruhigten mich kein bisschen. Ich war so wütend wie ein eingesperrter Dachs. Eine Hand streichelte über die heiße, brennende Haut und ich erschrak. Aber als sie über meine Spalte glitt, zuckten meine Hüften.

„Schh", beruhigte mich Spur. „Sie ist überall feucht."

„Feucht? Wovon zur Hölle redest du?"

Ich spürte, wie Lane tief einatmete. „Ich kann ihre Erregung riechen."

Ich würde vor Scham sterben. „Oh, Lane, bitte, bitte, lass mich runter."

„Schmeckt auch süß", fügte Spur hinzu. Ich hörte ein saugendes Geräusch und begriff, dass er seine Finger – die über meine feuchte Weiblichkeit geglitten waren – in seinen Mund gesteckt hatte.

„Lane", schrie ich, obwohl es vergebene Mühe zu sein schien.

„Mach dir keine Sorgen, Süße, ich werde dich runterlassen." Er lief ins Haus und einen Flur entlang. Ich hörte, wie die Hintertür zuschlug, dann Spurs Schritte. „Sobald ich dich im Bett habe."

# 6

ane

PIPER WAR WIE EIN HELLER SONNENSTRAHL, EIN GLAS Whiskey und ein wütender Bär, die gemeinsam in einem winzigen, frechen kleinen Körper steckten. Fuck, sie brachte mich zum Lachen und das hatte ich schon lange nicht mehr getan. Das vergangene Jahr war ein einziger Kampf gewesen bei all dem Mist mit der Mine und der Tatsache, dass Lil krank war. Die einzige Person, die von Lil wusste, zumindest die Wahrheit über sie, war Spur. Ich hatte über sie so lange Zeit gelogen, dass es sich bereits wie die Wahrheit anfühlte. Jeder in der Stadt ging davon aus, dass Lil eine Dirne wäre und ich ein besonderes – und beständiges – Interesse an ihrer Aufmerksamkeit hatte. Zur Hölle, sogar Walker und Luke Tate dachten, sie wäre meine bezahlte Geliebte. Stattdessen war sie eine sechzigjährige Frau, die Krebs hatte und Spur und mich bei sich aufgenommen hatte, als wir acht Jahre alt gewesen waren. Unsere Mütter waren ihrem harten

Leben als Huren erlegen und wir hatten keinen Platz gehabt, an den wir hätten gehen können.

Mit sechzehn waren wir allein losgezogen. Ich war in die Berge gegangen, hatte im Bergbau gearbeitet und mich schließlich in Jasper niedergelassen, um nach meiner eigenen Silberader zu graben. Spur war Richtung Westen gegangen und auf der Medizinschule gelandet. Als Lil krank geworden war, hatte ich sie von Denver nach Jasper geholt, damit sie in meiner Nähe war. Ich hatte Spur hierher gerufen, der daraufhin Chicago verlassen hatte, um sie zu behandeln, obwohl er nicht viel tun konnte. Sie hatte sich glücklich im 'Frightful Fawn' niedergelassen, dass von ihrer Freundin geführt wurde. Sie prostituierte sich nicht, das hatte sie seit langer, langer Zeit nicht getan, aber sie mochte das Bordellleben. Sie war glücklich, obwohl sie todkrank war und ich besuchte sie oft. Meine Besuche waren allerdings nicht sexueller Natur. Ich ging nicht zum Ficken ein paar Mal die Woche ins Bordell, wie alle annahmen.

Obwohl das Finden einer Braut der Wunsch einer sterbenden Frau gewesen war, bereuten weder Spur noch ich unsere Entscheidung, eine Versandbraut anzufordern. Ich hatte gesehen, wie erfolgreich die arrangierte Ehe der Tates gewesen war. Zur Hölle, ihre Frau Celia war hübsch und passte perfekt zu ihnen. Dank ihnen hatte die Idee in meinem Kopf Wurzeln geschlagen, besonders seit es das neue Gesetz in Slate Springs gab. In einer feuchtfröhlichen Nacht hatte ich Spur vorgeschlagen, dass wir gemeinsam heiraten könnten und er hatte bereitwillig zugestimmt. Und es hatte Lil zum Lächeln gebracht. Ich würde es immer wieder tun, nur um sie glücklich zu sehen. Irgendwie waren wir auf diese Art wundersamerweise an Piper gelangt.

Jetzt lag sie nackt und feucht über meiner Schulter, weshalb ich das starke Gefühl hatte, dass alles in Ordnung kommen würde. Und wenn Lil sie kennenlernen und sehen

*Eine verwegene Frau*

würde, dass sie ein kleines Teufelsweib war, würde sie sie lieben und wissen, dass es vielleicht eine göttliche Fügung gewesen war.

Bevor wir allerdings nach Slate Springs aufbrechen würden, würden wir uns ein oder zwei Tage nehmen, um uns mit unserer Frau vertraut zu machen. Und das begann damit, dass ich sie auf das Bett fallen ließ. Auch wenn sie klein war, würde sie nicht zerbrechen und federte einmal auf, bevor sie sich auf ihre Knie erhob.

Bereit für einen Kampf, hob sie ihre Hände, die Augen waren zu Schlitzen verzogen und ich schwöre, ich konnte Rauch aus ihren Ohren kommen sehen. Als wir unseren Blick weiterhin auf ihren Körper gerichtet hielten, fiel ihr ihre Nacktheit wieder ein und sie versuchte, sich zu bedecken. Aber ihre vollen Brüste waren zu groß, um sie mit ihrem angewinkelten Arm zu bedecken und ihre Hand konnte die hellroten Locken zwischen ihren Schenkeln nicht verbergen.

„Du hast dich einem Raum betrunkener Männer gestellt und hast Angst vor uns?", fragte Spur.

„Ich habe meine Pistole nicht dabei."

„Du kniest auf meinem Bett, ganz nackt und wunderschön. Hättest du eine Pistole in deiner Hand, könnte es sein, dass ich in meiner Hose komme. Das wäre eine Schande, da ich tief in deiner Pussy sein möchte, wenn ich das tue."

„Hast du Angst vor uns?", fragte Spur wieder.

Sie ließ sich auf das Bett fallen und zog ihre Knie unter sich, während ihr Arm nach wie vor das *Meiste* ihrer Brüste bedeckte.

„Ich habe Angst, vor euch nackt zu sein. Ich habe nie...das ist komisch", gab sie zu.

„Würdest du dich besser fühlen, wenn wir ebenfalls nackt wären?", fragte er.

Ich wartete nicht auf ihre Antwort, sondern griff nach unten und zog meine Stiefel aus. Anschließend ließ ich meine Hose fallen und trat sie zur Seite. Ich war nicht schamhaft. War es noch nie gewesen. Wenn es sie beruhigte, mich nackt zu sehen, dann würde ich eben nackt sein. Ich war nicht an sittsame Frauen gewöhnt. Zur Hölle, ich hatte auch noch nie zuvor mit einer Jungfrau geschlafen. Spur schien Dinge zu spüren, die ich nicht bemerkte, weshalb ich dankbar war, dass er mich davon abhielt, alles zu ruinieren.

Spur schnappte sich eines meiner Hemden, das über einer Stuhllehne hing und reichte es ihr. „Hier. Zieh das an."

Sie starrte das angebotene Kleidungsstück an, dann nahm sie es von ihm. Als sie ihre Arme durch die Ärmel steckte, wurden ihre Brüste endlich entblößt, wenn auch nur kurz. Ich stöhnte, als ich die runden, kleinen und rosa Nippel sah. Mir lief das Wasser im Mund zusammen bei dem Gedanken, einen in meinen Mund zu nehmen.

„Nur ein Knopf", fügte Spur hinzu.

Sie sah durch ihre wunderschönen roten Wimpern zu ihm hoch, aber gehorchte. Ihre Arme hebend, zog sie ihre langen Haare aus dem Hemd und sie fielen lang und feucht über ihren Rücken.

Sie war eine Göttin in meinem Hemd, verführerisch und sehr reizvoll.

„Besser?", fragte er.

Sie nickte. Das Hemd schmälerte ihre Reize kaum und es würde ohnehin schon bald auf dem Boden landen. Wenn es sie beruhigte, bis wir das selbst tun konnten, dann war das in Ordnung.

„Gut." Spur trat zum Bettrand. „Jetzt da deine Verlegenheit verschwunden ist, komm hier rüber und gib mir einen Kuss."

Irgendwie hatte nur das Anziehen des Hemdes Pipers Haltung von sittsam zu wild verändert. Sie sprang aus dem

Bett, auf ihre Füße und in Spurs Arme. Er küsste sie, zuerst mit großen Augen, dann schlossen sie sich. Er gab sich dem Kuss so bereitwillig hin wie sie. Ich umfasste meine Schwanzwurzel und streichelte den Schaft langsam, um den Schmerz zu lindern, während ich sie beobachtete.

„Berühr mich", hauchte Spur, wobei er seinen Kopf nur lang genug hob, um sprechen zu können, bevor er sie wieder küsste.

Zögerlich bewegten sich ihre Hände zu seiner Brust, wanderten darüber und folgten der Linie Haare bis zu seinem Bauchnabel. Spur zog seinen Bauch ein, als sie ihren Finger in seinen Bauchnabel tauchte, dann begann sie tiefer zu gleiten.

Er unterbrach den Kuss und beobachtete sie, wartete darauf, dass sich ihre Augen öffneten.

„Berühr meinen Schwanz." Seine Stimme war jetzt dunkel und tief. Er war kurz davor, die Kontrolle zu verlieren.

Da seine Hose tief auf seinen Hüften saß und die Knöpfe geöffnet waren, war der Großteil seines Schwanzes entblößt und bereit, von Piper berührt zu werden. Als ihre Finger über die breite Eichel strichen, stöhnte er. Als sie die Flüssigkeit, die aus dem Schlitz quoll, verrieb, schlossen sich seine Augen und seine Hüften zuckten.

Er würde nicht durchhalten können. Zur Hölle, wenn nur Pipers kleiner Finger meinen Schwanz berühren würde, würde ich meine gesamte Ladung verschießen. Ich lief ums Bett herum, krabbelte hinter sie und glitt mit einer Hand die Rückseite ihres Schenkels hinauf, wobei ich das Hemd, das sie trug, hochschob. Als ich meinen Handabdruck auf ihrem Hintern sah, konnte ich nicht widerstehen. Ich schlug ihr nochmal auf den Po, fast auf die gleiche Stelle.

Sie versteifte sich und keuchte, sah über ihre Schulter zu mir. „Lane!", schrie sie.

Ich konnte das Grinsen bei ihrem bemüht düsteren Blick

nicht zurückhalten. Es gefiel ihr. Ich würde die Mine darauf verwetten, dass sie von diesem kleinen Klaps feuchter geworden war. Ich konnte die Hitze spüren, die sie abgab, und atmete den blumigen Duft ihrer Haare ein. Als ich meine Hand auf die zwei Handabdrücke auf ihrer hellen Haut legte, drückte sie ihren Rücken durch und ihre straffen Rundungen in meine Handfläche.

„Hat dir das gefallen?", fragte ich.

Sie antwortete nicht. Das musste sie auch nicht. Allein die kleine Bewegung ihrer Hüften verriet die Wahrheit.

„Wie sieht es damit aus?"

Ich schob meine Hand weiter und umfasste ihre Pussy von hinten, meine Finger tauchten in die schlüpfrige, feuchte Hitze. Zur gleichen Zeit ließ Spur seine Hand unter das Hemd gleiten und umfasste ihre Brüste. So sollte es sein, unsere Frau zwischen uns beiden, unsere Hände auf ihr, während wir dafür sorgten, dass sie sich gut fühlte und sie lernte, wie es immer mit uns sein würde.

Mit jeder Bewegung meiner Hand lernte ich ihre Pussy kennen. Ihre Spalte war zwischen ihren vollen Schamlippen sichtbar und ihre Klitoris war offensichtlich hart und geschwollen. Ich folgte der Feuchtigkeit zu ihrem Eingang, umkreiste ihn und schob einen Finger hinein. Sie war so wunderbar eng, ihre inneren Wände zogen sich um meinen Finger zusammen, der bis zum Knöchel in ihr steckte. Mit meiner anderen Hand strich ich die Haare von ihrem Hals – der sich seidenweich an meiner Haut anfühlte – um diesen entblößen und ihn entlang zu küssen. Als ich den Hemdkragen erreichte, schob ich ihn über ihre Schulter, wobei ich sie leckte und küsste, bis er ihren Arm hinabfiel. Obwohl ein Knopf geschlossen war, war Spurs Hand sichtbar, die ihre Brust wog und knetete, während er mit dem Daumen über die feste Spitze rieb.

Piper keuchte und ich rutschte näher zu ihr, drückte

meinen Körper direkt an ihren. Ich konnte ihre Körperwärme durch den dünnen Hemdstoff spüren. Als wir uns berührten, fiel ihr Kopf zurück gegen meine Schulter. Meine Finger waren feucht von ihrer Erregung. Es stand außer Frage, dass sie bereit war. Aber...

„Die eine Kostprobe war nicht genug. Ich will mehr." Spurs Stimme war ein tiefes Knurren, als er seinen Kopf senkte und den Nippel in den Mund nahm, den er zuvor gereizt hatte. Ihre Hände legten sich in seine Haare, vergruben sich in den längeren Strähnen, zogen.

„Spur", schrie sie. „Bitte."

„Was ist mit mir, Schatz? Ich bin derjenige, der dich mit seinen Fingern fickt."

Sie wölbte ihren Rücken und schnurrte praktisch wie ein Kätzchen. „Mehr."

Während er auf dem Boden auf seine Knie ging, legte Spur seine Hände auf ihre Schenkel. Sie spreizte sie weiter für ihn und sah nach unten.

„Öffne den Knopf, Piper, und zeig mir deine Pussy. Ich will sehen, wie Lane dich heiß macht. Ich kann hören, wie feucht du bist. Gutes Mädchen", lobte er, als sich das Hemd teilte. „Zeit für eine Kostprobe."

Er beugte sich nach vorne und legte seinen Mund auf sie. Ich konnte ihn nicht sehen, aber ich zog meinen Finger aus ihr, überließ es ihm, sich um ihre Pussy zu kümmern. Sie war begierig, aber nicht bereit für unsere Schwänze, denn sie musste zuerst einmal zum Höhepunkt kommen. Dafür zu sorgen, dass sie ganz weich, geschwollen und tropfnass war, war immens wichtig. Wir waren nicht klein und sie war verdammt eng.

Piper begann ihre Hüften wellenförmig auf Spurs Mund zu bewegen. Es war eine Qual für meinen Schwanz, weil er dadurch die Spalte zwischen ihren Pobacken hoch und runter glitt. Da das Hemd geöffnet war, griff ich um sie und umfasste ihr Brüste, fühlte endlich ihre Perfektion. Schwer und tränenförmig füllten sie meine Handflächen. Ihre Nippel waren feste kleine Perlen und sehr empfindsam. Sie keuchte, als ich mit meinen Daumen über sie streichelte, aber ihre Reaktion hätte auch von Spurs Zunge hervorgerufen werden können. Viele Frauen schworen auf seine Fähigkeiten, aber das war alles nur Übung für diesen Moment gewesen. Es gab nichts Wichtigeres, als sich um Pipers Vergnügen zu kümmern.

„Lass los, Schatz. Komm auf Spurs Mund. Lass ihn deine Erregung trinken."

Sie versteifte sich in meinem Griff, hielt den Atem an, erstarrte. Ihre Augen öffneten sich und sie schrie, ihr Körper zitterte an meinem.

„Braves Mädchen. Das ist es. So wunderschön." Und das war es. Sie dabei zu beobachten, wie sie kam, höchstwahrscheinlich zum ersten Mal, war wundervoll. Dass sie ihre Hemmungen fallen lassen, dass sie alles vergessen und sich der Leidenschaft hingeben konnte, bewies, wie sehr sie sich, tief in ihrem Inneren, mit uns wohlfühlte. Ich schob das Hemd nach oben und zog es über ihren Kopf, während sie um Atem rang. Spur zog sich von ihr zurück und wischte sich mit dem Handrücken über den Mund. Ihre Säfte glänzten noch immer auf seinem Bart und der Blick in seinen Augen war das einzige Anzeichen, das ich brauchte, um zu wissen, dass er zufrieden mit ihr war.

„Gib Spur einen Kuss, Schatz."

Sich nach vorne beugend, legte sie eine Hand auf Spurs nackte Schulter und küsste ihn. Sie stöhnte, wahrscheinlich weil sie den Geschmack ihrer Pussy auf seiner Zunge entdeckte. Ich strich ihre Haare über eine Schulter, streichelte ihre Wirbelsäule hinab und umfasste ihre Hüfte, während ich meinen Schwanz in Position brachte. Wenn ich es recht bedachte, war es wahrscheinlich nicht die richtige

*Eine verwegene Frau*

Methode, eine Jungfrau von hinten zu nehmen, um sie ins Ficken einzuführen. Aber Piper war nicht irgendeine Jungfrau. Sie war wild und definitiv reaktionsfreudig. Sie war nicht schüchtern, sondern offen in ihrer Leidenschaft. Und daher führte ich meinen Schwanz an ihren tropfenden Eingang und drückte meine Hüften nach vorne.

Ich beobachtete, wie sich ihre Schamlippen weit um meinen Schwanz dehnten und die Spitze sie öffnete.

Sie unterbrach den Kuss und sah mich mit großen Augen über ihre Schulter an.

„Ja, Schatz. Ich werde dich genau so nehmen." Ich neigte mein Kinn. „Gib Spur noch einen Kuss. Er wird jeden Schrei und jedes Wimmern schlucken, während ich deine enge, jungfräuliche Pussy erobere."

7

ane

Spur rutschte ein wenig näher zu ihr, nahm ihr Kinn in seine Finger, drehte ihren Kopf zu sich und schluckte all ihre Laute. Ihr Körper war so feucht und geschwollen, dass es einfach war, in sie zu gleiten, obwohl sich ihre Wände fest um mich zusammenzogen. Sie fühlte sich so gut an und es war schier unmöglich, nicht tief in sie einzudringen. Schweiß tropfte von meiner Stirn, während ich ein gleichmäßiges, langsames Tempo beibehielt, um sie zu füllen, bis ich gegen die dünne Barriere stieß. Ich zögerte nicht, ließ sie nicht über den kleinen Schmerzensstich nachdenken, der durch das Zerreißen verursacht werden könnte.

„Ein kurzer Schmerz, Piper", warnte Spur sie sanft, der wusste, was gleich folgen würde.

Da wartete ich nicht, sondern zog meine Hüften zurück und stieß tief in sie.

Sie schrie auf und bog ihren Rücken durch, aber Spur

war da, um sie zu trösten. Ich beugte mich nach vorne und umfasste ihre Brüste, die schwer unter ihr hingen. Ich konnte spüren, wie sich ihre Nippel in meiner Hand aufrichteten.

Ihre inneren Wände zitterten und pulsierten um mich herum, ihre Hüften bewegten sich, damit sich ihr Körper daran anpassen konnte, gefüllt zu sein.

Spur streichelte mit seiner Hand über ihre Wange und sah ihr in die Augen. „Fühlt es sich gut an, einen Schwanz in dir zu haben?", fragte er.

Ich konnte die Überraschung und die Lust in ihrem Blick sehen. Sie nickte, ihre Haare rutschten nach vorne über ihre Schulter. „Oh, ja."

„Lane wird sich jetzt bewegen, dich ficken, wie du es verdienst."

Verdammt richtig. Ich nahm ihre Hüften in beide Hände und fickte sie. Zuerst bewegte ich mich langsam und behutsam, um mich zu vergewissern, dass sie keine Schmerzen empfand. Als sie anfing, ihren Hintern meinen Stößen entgegen zu drücken, wusste ich, dass es ihr gut ging. Mehr als das sogar, sie brauchte es.

Und daher gab ich ihr alles. Das Geräusch von Haut, die auf Haut klatschte, füllte den Raum.

„Gefällt dir das?", fragte Spur, der unsere Frau dabei beobachtete, wie sie zum ersten Mal gefickt wurde.

Sie nickte, leckte über ihre Lippen und schrie dann: „Ja!"

„Du bist so ein wildes kleines Mädel, nicht wahr? Siehst du meinen Schwanz? Das nächste Mal, wenn dich Lane auf diese Weise nimmt, wirst du meinen Schwanz blasen, ihn zwischen deine hübschen Lippen nehmen und mich schlucken."

Spurs versaute Worte brachten ihre Pussy zum Auslaufen.

Mein Orgasmus baute sich am Ansatz meiner Wirbelsäule auf, wanderte zu meinen Hoden und zog sie zusammen. Ich konnte es nicht viel länger zurückhalten. Es war zu machtvoll.

„Zeit, wieder zu kommen, Schatz. Ich werde nicht vor dir kommen. Lass uns versuchen, ob du vielleicht auf andere Art zum Höhepunkt kommst."

Spur nahm ihre Schultern und hielt sie fest, während ich meine Finger durch ihre Feuchtigkeit gleiten ließ und dann ihren engen Hintereingang umkreiste. Ich wartete nicht, vergewisserte mich nur, dass sie sehr geschmeidig war und führte dann vorsichtig einen Finger in sie ein.

Ihr Kopf bog sich nach hinten, ein kehliges Stöhnen glitt von ihren Lippen. Während ich sie mit meinem Schwanz und Finger fickte, sprach Spur mit ihr:

„So ein gutes Mädchen. Ja, es fühlt sich gut an, etwas in deinem Hintern zu haben. Bald wird es mein Schwanz sein."

„Scheiße, das hat ihr gefallen. Sie hat mich gerade mit ihren Muskeln fest gepackt."

Spur streichelte ihr die Haare aus dem Gesicht, lächelte sie an.

„So wild. So gut. Das ist unser Mädel. Gib dich dem hin, was Lane macht, damit du kommen kannst."

„Spur", hauchte sie.

„Willst du nicht, dass ich nachher auch an der Reihe bin?", fragte er.

„Doch", antwortete sie.

„Dann komm für Lane. Komm, während sein Finger in deinem Po steckt. Ja", sagte er, als sie ihre Muskeln zusammenzog und ihren Höhepunkt hinausschrie. Schweiß erblühte auf ihrer Haut, während sie meinen Schwanz packte und molk.

Nichts konnte meinen Orgasmus mehr aufhalten, der über mich hinwegrauschte wie eine Dampflock. Ich packte ihre Hüften fest, stieß tief in sie und hielt sie an Ort und Stelle.

*Eine verwegene Frau*

Ich stöhnte, während ich kam. Die heiße, pulsierende Hitze meines Orgasmus hatte ich so noch nie zuvor gefühlt. Ich spritze Schwall um Schwall meines Samens tief in sie, kleidete ihre inneren Wände aus, markierte sie. Sie gehörte mir und sobald sie sich erholt hatte, auch Spur.

„Scheiße, das war unglaublich", sagte ich und zog mich aus ihr zurück.

Während ich um Atem rang, beobachtete ich, wie mein Samen, der von ihrem Jungfernblut rot gefärbt war, aus ihr tropfte. Wenn ich ihr Jungfernhäutchen nicht durchbrochen und das Blut gesehen hätte, hätte ich sie für eine ausgebildete Hure gehalten, so wie sie in der Lage gewesen war, mir den Samen aus den Eiern zu pumpen. Aber nein, Piper war keine Hure. Spur und ich waren sehr vertraut mit Huren. Piper war zwar wild, aber sie war unschuldig.

Sie brach auf dem Bett zusammen, während sich Spur erhob und sich seiner Hose entledigte.

Ich trat aus dem Weg, als er sie auf die Kissen legte. Sie hatte nicht einmal bemerkt, dass ich mein Hemd ausgezogen hatte und jetzt merkte sie nicht, dass eines ihrer Knie angewinkelt war, sodass ihre Pussy sichtbar war. Zum ersten Mal konnten Spur und ich beide die roten Haare sehen, die ihre Pussy teilweise verdeckten. So ein fantastischer Kontrast zu ihrer hellen Haut und den rosa Schamlippen.

Daran, wie Spur sie ansah, erkannte ich, dass er das Gleiche dachte. Ich hatte sie bereits gehabt. Jetzt war er an der Reihe.

---

PIPER

„Das ist mir entgangen?", fragte ich, während ich einen

Arm über meinen Kopf warf. Es war unmöglich, nicht zu grinsen. Ich fühlte mich *so* gut. Ich war ein wenig wund zwischen meinen Beinen, aber das war nichts im Vergleich zu dem…Vergnügen. Ich war *gekommen*. „Ich will das wieder tun."

Beide Männer starrten auf mich hinab. Lane sah gut befriedigt aus und sein Schwanz hatte nicht länger eine wütende Farbe, auch wenn er immer noch hart war. Spur allerdings war angespannt und wirkte voller leidenschaftlichem Tatendrang.

Ich stemmte mich auf meine Ellbogen und winkte ihn mit gekrümmten Finger zu mir.

„Du bist dran, Doktor", sagte ich. „Ich habe Schmerzen."

Lane fluchte unterdrückt.

Ein Knie auf das Bett gestützt, ragte Spur über mir auf, sein Schwanz zielte direkt auf mich. „Du brauchst die Aufmerksamkeit des Arztes?", fragte er, während sein Blick über meinen Körper wanderte.

Ich biss auf meine Lippe und nickte.

„Wo hast du Schmerzen? Zeig es mir."

Ich benahm mich verwegen. Das wusste ich. Ich sollte mich schämen, aber keinen der Männer schien es zu stören. Tatsächlich sah Spur aus, als könne er es kaum erwarten, in mich einzudringen. Sein Schwanz war so hart, dass er pulsierte. Flüssigkeit quoll stetig aus der Spitze.

Ich winkelte meine Knie an, stellte meine Füße auf das Bett und spreizte sie.

Spur schüttelte den Kopf. „Mehr. Wenn du willst, dass ich mich um dich kümmere, dann musst du dem Arzt zeigen, wo du Schmerzen hast."

Ich spreizte meine Beine weiter. Als er lediglich abwartend eine Braue hob, spreizte ich sie noch weiter.

„Nicht genug. Umfass deine Kniekehlen und zieh sie zu deiner Brust. Ja, genau so. Gut."

*Eine verwegene Frau*

Spur schnappte sich ein Kissen und legte es mir unter die Hüften, sodass mein Po erhöht lag. Da meine Beine auf solch anrüchige Art und Weise nach hinten gezogen waren, konnten sie alles an mir sehen.

„Oh, meine Güte."

Spur ließ sich auf seinen Knien zwischen meinen gespreizten Schenkeln nieder. „Vergrößert oder verringert das deinen Schmerz?" Seine Finger glitten durch meine feuchte Spalte, dann tauchten sie hinein.

Ich wölbte meinen Rücken, meine Augen fielen zu. Nach Lanes dickem Schwanz spürte ich seine Finger so deutlich, die Empfindungen waren intensiver. Schärfer. Heller. Heißer.

„Mehr", keuchte ich.

„Du hast mehr Schmerzen oder du willst mehr?"

„Mehr", wiederholte ich, denn ich hatte mehr Schmerzen und ich wollte, was auch immer er mir geben wollte. Ich liebte diese spielerische Seite an ihm, denn Spur wirkte eher, als wäre er der Ernste.

„Wie sieht es hier aus? Wenn ich meinen feuchten Finger in deinen engen kleinen Arsch schiebe, verschlimmert das deine Schmerzen?"

„Fuck!", schrie ich, als er mich dehnte. Dort. Gott, ich hatte nie gewusst, dass das überhaupt möglich war oder dass es sich so gut anfühlen würde.

Ich hörte Lane lachen, als ich so darauf reagierte, dass Spurs Finger gegen den verbotenen Eingang drückte und dort eindrang. Mühelos. Vielleicht zu mühelos? Sollte es sich so seltsam und dennoch fantastisch anfühlen?

Er gab mir mit seiner freien Hand einen Klaps auf den Po und ich zog mich um ihn herum zusammen. „Sprache, Patientin. Was für eine unanständige Sprache du benutzt. Dieser Schmerz scheint deine Böse Seite hervorzubringen."

Ich nickte mit dem Kopf und öffnete meine Augen leicht, um zu Spur hochzuschauen. „Das tut er. Ich bin so…böse."

Spur warf Lane einen Blick zu. „Ich glaube, sie braucht eventuell noch mehr Schläge auf ihren Hintern."

Lane grinste, kniete sich neben mir auf das Bett und ließ seine Hand auf meinen nach oben gewandten Hintern fallen. „Brauchst du etwa das? Brauchst du es, dass sich deine Männer um dich kümmern? Spur wird deinen Schmerz lindern und ich werde dich zähmen, böses Mädchen."

Bei den heißen Schlägen auf meinen Po und Spurs wandernden Fingern – er nutzte seine andere Hand, um in meine Pussy zu gleiten und seine Finger auf magische Weise zu krümmen – konnte ich es nicht länger zurückhalten und kam. „Ja! Ja! Ja!", schrie ich.

Farben tanzten hinter meinen geschlossenen Augenlidern, während Lanes Hand meinen brennenden Po umfasste und Spur vorsichtig seine Finger aus mir zog.

„Hast du immer noch Schmerzen?", fragte er, als ich meine Beine los und offen auf das Bett fallen ließ.

Ich konnte nur nicken.

„Dann gibt es nur ein Heilmittel. Meinen Schwanz."

„Und meinen", fügte Lane hinzu, fast schon streitsüchtig.

„Ja, der Doktor meint, dass du einige Dosen Schwanz brauchst, verabreicht durch guten Sex. Bist du bereit für deine Behandlung, Piper?"

Ich packte wieder meine Knie und zog sie weit auseinander, während ich auf Spurs gierigen Schwanz starrte. „Oh, ja."

Spur beugte sich auf einer Hand nach vorne, sah auf mich hinab und lächelte sanft, obwohl sein Körper vor Verlangen ganz angespannt war.

„Vertrau mir, das wird kein bisschen wehtun."

Daraufhin glitt er mit einem langen, langsamen, dicken Stoß in mich. Nein, es tat kein bisschen weh.

*Eine verwegene Frau*

Ich drückte meinen Rücken durch und nahm ihn eine Spur tiefer auf. „Ja", hauchte ich.

Das Gefühl von Spur über mir, in mir war anders als bei Lane. Sein Duft war nicht der Gleiche. Wie er sich in mir anfühlte, wie er sich bewegte, wie er mich berührte, war ebenfalls anders. Aber nicht schlechter oder besser. Genauso gut. Während Lane beharrlich und vielleicht eine Spur erbarmungslos beim Ficken war, war Spur bedacht und konzentriert. Seine Augen lagen die gesamte Zeit über auf mir. Es war, als könnte er sehen und spüren, was ich brauchte, indem er in meine Augen blickte und beobachtete, wie mein Atem stockte, meine Haut heiß wurde, meine Hüften sich bewegten und er gab es mir.

Er nahm einen Knöchel, dann den anderen und legte sie auf seine Schultern. Anstatt weit gespreizt wurden meine Schenkel jetzt zusammengepresst, aber Spurs Schwanz glitt trotzdem mühelos in mich. Der Winkel war so anders, so direkt, dass die Spitze seines Schwanzes tief in mir gegen mich stieß. Ich konnte mich nicht bewegen, konnte mich nicht anpassen und musste nehmen, was er mir gab.

„Gefällt dir das?", fragte er.

Jedes Mal, wenn er mich füllte, klatschten seine Hüften gegen meinen brennenden Po, den Lane versohlt hatte. Obwohl sich Spurs Finger nicht mehr tief in meinem Po befanden, kribbelten und pulsierten die Nerven dort und ich stand wieder so kurz vorm Höhepunkt.

Ich warf meinen Kopf zurück und begann zu flehen: „Bitte. Ich brauche es. Ich brauche mehr."

Lane vergrub seine Finger in meinen Haaren und zog, drehte meinen Kopf, sodass ich ihn anschauen musste. Sein fester Griff prickelte an meiner Schädeldecke und mein Fokus richtete sich auf ihn, obwohl Spur weiterhin meinen Körper plünderte.

„Du wirst kommen. Keine Sorge, Spur wird es dir geben. Er wird dir genau das geben, was du brauchst."

Da senkte er seinen Kopf und küsste mich. Das war nicht der Kuss aus dem Mietstall. Das war wild, seine Zunge fand und tanzte mit meiner. Da er mit seiner Hand meine Haare festhielt, konnte ich nichts anderes tun, als den Kuss zu erwidern. Er schluckte meine Lustschreie, mein Flehen, alles, bis sich das Verlangen zusammenballte und ich kam. Er küsste mich immer noch, Spur fickte mich immer noch.

Ich ließ mich fallen, als das Vergnügen nachließ, und gab mich ihrer Kontrolle, ihren leidenschaftlichen Zuwendungen hin. Erst dann hob Lane seinen Kopf und streichelte mit seinem Daumen über meine zarte Unterlippe. Und erst dann kam Spur, stieß tief in mich und stöhnte, als sein Samen mich füllte und sich mit Lanes vermischte.

Als er sich aus mir zurückzog und mich in seine Arme nahm, ruhte mein Kopf auf seinen Schultern und mir wurde bewusst, dass ich keine Schmerzen mehr empfand. Der Doktor hatte recht gehabt.

8
---

iper

„Erzähl mir, Schatz, wie es sein kann, dass jemand wie du noch nicht verheiratet war? Du hattest sicherlich eine lange Schlange Verehrer."

Ich trug wieder einmal Lanes Hemd, nur sein Hemd und saß auf seinem Schoß. Ich war heute Morgen kein bisschen schamhaft. Wie könnte ich das sein, nach dem, was sie mit mir gemacht hatten? Obwohl es ein Esszimmer gab, dass so groß war, dass zwanzig Leute locker Platz darin gefunden hätten, schien er den weniger formellen, abgenutzten Küchentisch vorzuziehen, um den wir jetzt saßen. Er fütterte mich mit seiner Gabel mit Schinkenstücken. Ich konnte natürlich selbst essen, aber ich genoss Lanes Verspieltheit. Ich freute mich sehr auf das Frühstück, da ich einen ziemlichen Appetit entwickelt hatte. Direkt nachdem mich Spur zum ersten Mal erobert hatte, war ich eingeschlafen, aber ich konnte mich sehr gut daran erinnern, wie er mich kurz vor der Morgendämmerung von hinten gefickt hatte, während wir in der Löffelchenstellung im Bett lagen. Ich hatte so laut geschrien wie der Hahn draußen vor dem geöffneten Fenster, was wiederum dafür gesorgt hatte, dass Lane begierig, mich ebenfalls zu nehmen, aufgewacht war. Sie waren wie zwei kleine Jungs mit einem Spielzeug, die die gleiche Spielzeit haben wollten.

Ich ließ mir beim Kauen und Schlucken Zeit, um über eine Antwort auf seine Anmerkung nachzudenken. Sie hatte mich an die Tatsache erinnert, dass sie dachten, ich wäre Patricia. Anscheinend wussten sie von der Versandbrautagentur nichts über sie außer ihrem Namen. Wenn sie Erkennungsmerkmale gekannt hätten, hätten sie von Anfang an gewusst, dass ich log. Meine roten Haare ähnelten Patricias blonden Locken nicht im Entferntesten.

„Wie ich bereits sagte, habe ich fünf ältere Brüder. Kein Mann konnte sich mir auf drei Meter nähern, ohne dass einer oder sogar zwei in meiner Nähe waren. Wie ihr euch vorstellen könnt, verschreckten sie alle, wenn sie mit ihren Gewehren auftauchten."

Ich spürte, wie sich Lane unter mir versteifte. „Haben dir deine Geschwister wehgetan?"

Ich drehte mich, um in Lanes Augen zu blicken und schüttelte den Kopf. „Oh, nein. Ihr lächerliches Verhalten hat mich unfassbar wütend gemacht, aber ich erinnerte mich immer wieder daran, dass sie so auf mich aufpassen, weil sie mich lieben. Aber ich wollte mein eigenes Leben. Mein eigenes Haus. Ehemann. Kinder. Ich wollte nicht feststecken, unverheiratet bleiben und mich nur um sie kümmern. Ich wollte meine eigene echte Ehe."

„Unverheiratet bleiben?", wiederholte Spur. Er saß uns gegenüber, schlürfte seinen Kaffee, sein Teller war leer. Er hatte seinen Stuhl zurückgeschoben, sodass er nur noch auf den zwei hinteren Stuhlbeinen stand. „Du bist was, einundzwanzig?"

„Zweiundzwanzig", korrigierte ich ihn. „Und ihr? Sicherlich konnte sich keiner von euch über mangelnde weibliche Aufmerksamkeit beklagen."

Es gefiel mir nicht, an die Frauen zu denken, mit denen sie in der Vergangenheit zusammen gewesen waren. Nach ihren Leistungen im Bett zu urteilen, waren sie keine Jungfrauen gewesen.

„Es war an der Zeit, zu heiraten. Wir sind nicht mehr die Jüngsten", antwortete Lane, was sich anhörte, als wäre es an der Zeit für eine Gehstütze und einen Schaukelstuhl. „Was interessierte Frauen betrifft", er zuckte mit den Achseln, „offensichtlich hat keine unser Interesse geweckt. Freunde von uns, die Tates, haben die gleiche Versandbrautagentur genutzt und Celia geheiratet."

„Sie werden uns irgendwann heute besuchen. Sie freuen sich darauf, dich kennenzulernen", fügte Spur hinzu.

„Weil es bei euren Freunden gut geklappt hat, habt ihr beschlossen, es ebenfalls zu probieren?", fragte ich.

„Ja und es scheint, funktioniert zu haben. Meinst du nicht?"

Das war der Moment, in dem ich ihnen von Patricia hätte erzählen sollen. Es war die perfekte Vorlage dafür. Jetzt, da ich sie ein wenig besser kannte, glaubte ich nicht, dass sie mich rauswerfen würden, aber sie waren ehrenhaft und was wir in der vergangenen Nacht und heute Morgen getan hatten, hatten sie für eine Ehe beabsichtigt. Was sie mit mir getan hatten, war für ihre Braut gedacht gewesen und das war ich nicht.

Bevor ich irgendetwas sagen konnte, fuhr Lane fort: „Auch wenn die Leute in Jasper das Ehegesetz von Slate Springs theoretisch kennen, können wir hier nicht leben und dich teilen, wie wir wollen. Für manche wäre es vielleicht akzeptabel, aber für die Meisten nicht. Also verkaufe ich die Mine und ziehe nach Slate Springs."

„Du wirst die Mine für mich aufgeben?", fragte ich verblüfft. Ich stieg von seinem Schoß und lehnte mich gegen das Waschbecken. „Du…du kennst mich nicht einmal."

Eine helle Braue hob sich. „Ich denke, wir kennen einander recht gut, meinst du nicht?"

Ich errötete wegen der Bedeutung hinter seinen Worten. Ich konnte nichts dagegen tun. Allein die Gedanken an das, was wir getan hatten, wo er seine Hände gehabt hatte, würde ausreichen, um eine Hure erröten zu lassen.

„Ich habe schon seit langer Zeit vor, sie zu verkaufen. Ich habe genug Geld und ich werde alt."

Er war wahrscheinlich zwischen dreißig und fünfunddreißig Jahren alt. Warum sagte er ständig, er würde sich so alt fühlen?

„Jetzt habe ich einen Käufer…und eine Frau, also ist alles genau so, wie ich es mir erhofft habe."

„Ich habe mich in Slate Springs als neuer Stadtarzt niedergelassen. Du und ich werden morgen dorthin gehen, uns einrichten und Lane wird sich bald zu uns gesellen." Spur stellte seine Tasse ab.

Ich sah zurück zu Lane. „Du kannst jetzt nicht mit uns kommen?"

Er schüttelte den Kopf. „Es hat ein paar Probleme in der Mine gegeben." Jeglicher Humor auf seinem Gesicht verblasste. An dessen Stelle trat eine Maske der Wut und Frustration. „Das war auch der Grund, warum wir zu spät in Pueblo ankamen, um dich an der Kutsche zu treffen. Mach dir keine Sorgen, ich werde euch bald folgen." Sein Blick glitt besitzergreifend über mich, bevor er fortfuhr: „Es freut mich, dass du genauso gierig nach mir bist wie ich nach dir."

Ich *war* gierig nach ihm. Nach beiden. Ich biss auf meine

*Eine verwegene Frau*

Lippe und Lanes Augen wurden schmal. „Bist du jetzt gierig, Schatz?"

Er sah hinab auf seinen Schoß und ich sah den dunklen Fleck auf seiner Hose. Oh Gott, der war von mir. Ich konnte spüren, wie meine Wangen heiß wurden. „Das ist deine Schuld." Ich deutete auf ihn, dann auf Spur. „Ihr seid beide schuld. Es tropft einfach dauernd aus mir."

Spurs Augen senkten sich auf den Hemdsaum. „Ja, wir haben dich mit unserem Samen gefüllt, nicht wahr? Mach dir keine Sorgen, wenn er rauskommt, wir werden dich wieder füllen."

Das war nicht das, worüber ich mir Sorgen machte. Tatsächlich war ich überhaupt nicht besorgt. Mir war überall ganz heiß und meine inneren Wände zogen sich bei dem Gedanken an ihre Schwänze zusammen…wieder. Ich war begierig. Regelrecht lüstern. Ich wollte ihre Schwänze tief in mir und dass sie mich füllten.

Lane lehnte sich auf seinem Stuhl zurück. „Wenn du etwas von uns willst, Schatz, dann musst du nur fragen." Er grinste schief. „Du musst nicht einmal eine Pistole auf uns richten."

Ich konnte nicht anders, als meine Augen zu verdrehen.

Spur machte ein fast schon knurrendes Geräusch und ich nahm an, dass es nichts mit Lanes Kommentar bezüglich des Pistolenschwingens zu tun hatte. Zwei große, muskulöse Männer zu haben, die mich mit glühenden Augen betrachteten und harte Schwänze in ihren Hosen hatten, war ein Vorteil einer Ehe, den ich mir nie vorgestellt hatte. Ich würde die Gelegenheit nicht verschwenden. Ja, das machte mich zu einer verwegenen Frau, aber das war mir egal. Ich wollte meine Männer und sie wollten eindeutig auch mich.

Daran war nichts falsch bis auf die Tatsache, dass ich nicht wirklich mit ihnen verheiratet war. Aber das war nicht von Bedeutung, wenn ich zum Höhepunkt kommen wollte. Die Wahrheit konnte warten.

Und daher drehte ich mich um, anstatt zu sagen, was ich wollte, und blickte zum Waschbecken, beugte mich an der Taille nach vorne, griff hinter mich und hob den Saum des Hemdes hoch, wodurch mein Hintern entblößt wurde. Als ich über meine Schulter sah, entdeckte ich, dass die Augen beider Männer allein auf meine Pussy gerichtet waren. Ich verlagerte meine Füße, wodurch ich meinen Po noch mehr rausstreckte. Es gab keinen Zentimeter meiner unteren Körperregionen, den sie nicht sehen konnten.

Spur knurrte wieder. „Was für eine umwerfende Pussy. Ich liebe diese roten Locken."

„Das ist ein hübscher Anblick, Schatz, aber was willst du?" Lanes Stimme sank und er rieb mit der Hand seinen Schwanz durch die Hose. Spur beugte sich nach vorne und stützte seine Ellbogen auf die Knie, um mich noch intensiver anzuschauen.

Ich leckte über meine Lippen. „Ich will ficken. Ich…ich brauche es."

„Wessen Schwanz willst du?", wollte Spur wissen.

„Eure beiden." Klang meine Stimme immer so atemlos? Die Antwort war leicht. Ich sehnte mich nach Lanes fordernden und Spurs fokussierten Stößen. Ich mochte es auf beide Arten und ich wollte, dass sie es mir gaben.

Spur schüttelte langsam seinen Kopf. „Wir werden dich schon bald gemeinsam ficken. Wir werden dein kleines Hintertürchen für uns öffnen und dich darauf vorbereiten, vollständig in Anspruch genommen zu werden."

Die Vorstellung, dass sie mich beide zur gleichen Zeit jeder in ein Loch ficken würden, wirkte nicht so erschreckend, wie sie sollte. Ich *sollte* allein bei dem Gedanken schreiend davonrennen, aber die Empfindungen, die sie mit ihren Fingern *dort* hervorgerufen hatten, weckten stattdessen den Wunsch nach einem dicken Schwanz in mir. Und beide gleichzeitig? Das würde so intensiv sein. Noch mehr von ihrem Samen tropfte aus mir, aber ich musste davon ausgehen, dass er von meiner eigenen Erregung begleitet wurde.

„Bis dahin, wird dich immer nur einer nehmen."

„Oder…"

Ich warf einen Blick zu Lane, als er nur das eine Wort sagte.

„Oder Spur wird dich ficken, während du an meinem – "

Ein Klopfen an der Eingangstür unterbrach Lane.

Ich erhob mich abrupt und schob das Hemd nach unten. Plötzlich fühlte ich mich nackt und entblößt. Es war eine Sache, wenn Lane und Spur mein verwegenes Verhalten sahen, aber als die Außenwelt uns unterbrach, geriet ich in Panik.

Lane stand auf, ging zur Flurtür und schaute zurück. „Geh hoch und zieh dich an, Schatz. Diese kleine Show war nur für uns."

Er verlagerte seinen Schwanz und seufzte eindeutig enttäuscht.

Spur kam zu mir und küsste meine Stirn. „Ja, diese Pussy ist nur für uns. Niemand sonst bekommt sie zu sehen. Zur Hölle, niemand sonst wird dich so gekleidet zu Gesicht bekommen. Geh schon. Das sind wahrscheinlich die Tates. Sie sind hier, um dich kennenzulernen. Also komm runter, wenn du bereit bist."

Ich konnte Stimmen an der Eingangstür hören und sah zu Spur hoch. Ich ging auf meine Zehenspitzen und küsste ihn rasch. Obwohl Lane und Spur mich beschützen wollten und ziemlich besitzergreifend waren, fühlte ich mich nicht erdrückt wie bei meinen Brüdern. Es fühlte sich…gut an.

Als die Stimmen lauter wurden, eilte ich die hintere Treppe hinauf. Während die Tates mich gerne kennenlernen wollten, war ich neugierig, Celia Tate kennenzulernen, da sie ebenfalls eine Versandbraut war und zwei Männer geheiratet hatte.

---

SPUR

„WIR FREUEN UNS DARAUF, EURE NEUE FRAU kennenzulernen", sagte Luke Tate.

Nachdem wir Celia begrüßt hatten, hatten wir sie nach oben verwiesen, damit sie Piper kennenlernen und mit ihr plaudern konnte. Die Frau der beiden war mehrere Monate schwanger mit ihrem ersten Baby. Als ihr Arzt hatte ich einige kurze Fragen zu ihrem Wohlbefinden gestellt, aber mich nicht lange damit aufgehalten. Sie war jung und gesund und hatte zwei Ehemänner, die sie im Aug behielten. Wenn etwas nicht stimmte, selbst wenn es nur Blähungen waren, war ich mir sicher, dass sie mir sofort davon erzählen würden.

Wir führten die Männer in die Stube und auch wenn die Möbel steif und formell waren, streckten wir unsere Beine vor uns aus und entspannten uns, was die Vertrautheit einer langen Freundschaft mit sich brachte – und die Abwesenheit der Frauen. Wenn wir nicht gerade erst das Frühstück beendet hätten, hätte ich jedem von uns ein Glas Whiskey eingeschenkt.

„Wie kann es sein, dass Frauen, die wir nie zuvor kennengelernt haben und sogar aus einem anderen Staat kommen, perfekt für uns sind?", fragte ich und begann somit gleich die Konversation über unsere neue Frau. Mein Schwanz hatte sich glücklicherweise bei der ungelegenen Ankunft unserer Freunde beruhigt, aber an Piper zu denken, ließ mich dennoch auf meinem Stuhl hin und her rutschen.

Ich bezweifelte nicht, dass Piper die Richtige für uns war und ich wusste, dass Lane genauso empfand. Es erstaunte mich einfach, dass Walker und Luke das gleiche positive Erlebnis mit Celia gehabt hatten.

Walker grinste und zuckte mit den breiten Schultern. Er hatte ebenfalls dunkle Haare und einen Bart, aber damit endeten unsere Gemeinsamkeiten auch schon. Während er schlank war, war meine Brust gebaut wie ein Fass. Lane sagte immer, wenn der Arztberuf nichts für mich wäre, dann könnte ich mein Geld auch als Kämpfer verdienen. Das hatte ich aber schon zur Genüge getan, ohne dafür bezahlt zu werden.

„Es ist erstaunlich. Wir wussten in der Minute, in der Celia aus dem Zug stieg, dass sie die Unsere ist."

„Es war arschkalt in jener Nacht", fügte Luke hinzu. „Es war jedoch keine Qual, sie zu *wärmen*."

Als weder Lane noch ich einen Kommentar dazu abgaben, sahen uns die zwei an.

„Seid ihr nicht mit ihr zufrieden?" Walker senkte seine Stimme. „Celia war Witwe, also gab es keine Angst vor dem Unbekannten in der ersten Nacht, auch wenn sie von zwei Männern genommen wurde."

Daraufhin lachte Lane. „Ich glaube nicht, dass Piper vor irgendetwas Angst hat."

Er erzählte ihnen von ihrer pistolenschwingenden Art, worüber sich die anderen amüsierten und die Köpfe schüttelten.

„Wenn Celia das tun würde", Luke machte eine Pause, in der er wahrscheinlich an die Möglichkeit dachte, dass sich seine Frau selbst in Gefahr brachte, „könnte sie eine Woche lang nicht richtig sitzen."

„Ich bezweifle zwar, dass wir ihr Feuer eindämmen

können, aber wir werden definitiv Grenzen ziehen was Saloonbesuche betrifft. Allerdings alles zu gegebener Zeit. Wir wollen, dass es ihr gefällt, auf Händen und Knien zu sein, bevor wir ihr zur Bestrafung den Hintern versohlen", erklärte ich und verschränkte meine Knöchel.

## 9

pur

„Ja, sie muss nicht mehr um Geld spielen", fügte Lane hinzu.

„Und Lil?", erkundigte sich Luke, wobei seine Stimme einen ernsten Klang annahm. „Wirst du aufhören, dich mit ihr zu treffen, jetzt, da du eine willige und warme Frau in deinem Bett hast?"

Lane warf mir einen Blick zu und schwieg.

Ich seufzte. Er weigerte sich, den Männern, irgendjemandem, die Wahrheit über Lil, über seine Vergangenheit zu erzählen. *Unsere* Vergangenheit. Während ich mit meinem Erbe im Reinen war, war es Lane nicht. Weder Walker noch Luke würde es stören, dass meine Mutter eine Hure gewesen war, dass ich in einem Bordell aufgewachsen war und dann beobachtet hatte, wie meine Mutter langsam an Alkohol und einem harten Leben gestorben war. Es würde sie auch nicht interessieren, dass

Lanes Mutter nicht nur eine Hure, sondern obendrein auch noch fies gewesen war. Sie hatte ihn geschlagen, als er klein gewesen war, hatte ihre Kunden in seine Nähe gelassen, bevor ich in sein Leben getreten war. Auch wenn er nie erwähnt hatte, dass er von einem von ihnen berührt worden war, so hegte ich doch den starken Verdacht, dass sie es getan hatten. Prügel waren wahrscheinlich das Mindeste, was ihm passiert war. Seine Narben gingen tiefer und seine Vergangenheit enthielt nicht nur Elend, sondern auch Böses. Seine Geheimnisse waren so schwer wie seine Seele. Zu dem Zeitpunkt, als Lil Lane gefunden hatte, war er bereits fast zerstört gewesen. Fast. Vielleicht war das der Grund, warum sie uns zusammengesteckt und zu Brüdern gemacht hatte, damit wir einander hatten. Unsere eigene kleine Familie. Sie hatte uns beide gerettet, aber vor allem Lane. Das war der Grund, warum er sie so vehement beschützte und warum ich sein Vertrauen nicht missbrauchen würde.

„Piper ist tatsächlich warm und sehr willig", stimmte Lane zu. „Aber wir werden Lil weiterhin besuchen."

Das entsprach der Wahrheit. Wir würden sie *besuchen*. Ich würde sie so gut behandeln, wie ich konnte, sie mit dem Morphium versorgen, das sie brauchte, um die zunehmenden Schmerzen ertragen zu können.

Walker sah mich überrascht an. „Ich wusste, dass Lane eine langdauernde Beziehung mit ihr hat, aber du auch?"

Ich sah kurz zu Lane, der ein unbewegliches Gesicht machte. Er wusste, wie er seine Emotionen verbergen konnte. „Mein…Interesse an ihr ist noch recht neu."

Anders als Lane war ich weg zur Schule gegangen und Jahrelang nicht zurückgekehrt. Meine Besuche bei Lil waren neu und unglücklicherweise auch von kurzer Dauer.

Luke und Walker sahen einander an und ich wusste, was sie dachten. Wir hatten eine hübsche, willige Frau und würden trotzdem eine Hure ficken. Aber ich konnte Lane nicht verraten. Dass die anderen die Wahrheit kannten, war den Preis nicht wert.

„Erzähl uns von der Mine", sagte Walker, der eindeutig das Thema wechseln wollte. Er würde nicht versuchen, uns von Lil abzubringen. Verheiratete Männer hatten Geliebte. Das war allgemein üblich. Sogar akzeptiert. Es stand ihm nicht zu, mit uns darüber zu streiten und ich wusste das zu schätzen.

Lane wurde von dem Thema aus seiner Starre gerissen, beugte sich nach vorne und legte seine Hände auf die Knie.

„Vor ein paar Tagen wurde ein schlechter Stützbalken gefunden. Einer der erfahreneren Männer hat ihn bemerkt. Ich bin rein und hab ihn mir angeschaut, sowie die anderen in der Nähe. Ich bin mir nicht sicher, ob sie falsch eingebaut worden sind oder ob das Holz einfach schlecht war, aber es war morsch. Es hätte einen Einsturz geben können."

Luke gehörte die Trusty Mine in Slate Springs und er wusste genau, wovon er sprach.

„Hast du zu viele neue Männer?", fragte er. Das war eine berechtigte Frage. Ohne erfahrene Bergarbeiter in einer Schicht konnten die Dinge leicht schief gehen und anscheinend waren sie das auch.

„Es gibt immer neue Bergarbeiter, aber ich achte stets darauf, das Gleichgewicht mit denen, die bereits eine Weile bei mir arbeiten, zu halten. Ich werde öfter bei der Mine sein müssen, bis der Verkauf über die Bühne gegangen ist. Ich will nicht, dass der Deal oder die Mine an sich einstürzt.

„Richtig, der Verkauf. Wie läuft das?", erkundigte sich Walker.

„Mir wurde ein fairer Preis geboten. Ich warte nur noch darauf, dass die Papiere aufgesetzt werden."

„Aber der Verkauf könnte platzen, wenn schlechte Arbeit entdeckt wird", fügte Luke hinzu.

Lane zuckte mit den Achseln. „Das ist möglich. Ich will nur nicht, dass jemand verletzt wird."

Ich lachte, wenn auch trocken. „Ja, ich habe so schon genug zu tun."

„Vielleicht bin ich doch begieriger, die Mine zu verkaufen und einen neuen Lebensabschnitt zu beginnen, als ich dachte", meinte Lane und rieb sich mit der Hand über den Nacken. „Mit meiner Frau."

Ja, vielleicht war Piper gut für Lane. Vielleicht würde er endlich die Vergangenheit ziehen lassen und anfangen für die Zukunft zu leben. Wir hatten den Anfang einer Familie. So wie wir Piper in nur einem Tag mit unserem Samen gefüllt hatten, würde sicherlich bald ein Kind unterwegs sein, genau wie bei den Tates. Die Vorstellung weckte den Wunsch in mir, unsere Freunde aus der Tür zu stoßen und uns wieder darum zu kümmern, ein Baby zu machen. Das wäre keine Qual. Kein bisschen.

―――

Piper

Ich hatte meinen Schlüpfer und Unterhemd angezogen und zog gerade die letzten Korsettstreben fest, als es leicht an der Tür klopfte.

„Mrs. Drews, hier ist Celia."

Mrs. Drews. Gott, ich war eine verheiratete Frau. Ich hatte nichts von dem vergessen, was wir getan hatten oder wie verwegen ich mich benommen hatte, aber ich hatte völlig vergessen, dass ich einen neuen Namen hatte. Nein, nein, das hatte ich nicht. Ich war ja nicht wirklich mit Spur verheiratet. Die Heiratsurkunde, die ich in Patricias Tasche gefunden hatte, trug in deutlicher Schrift ihren Namen.

Nicht meinen.

„Komm rein", lud ich sie ein und zog meinen Unterrock aus meiner kleinen Tasche. Die Kleider, die ich gestern getragen hatte, lagen wahrscheinlich noch immer draußen auf der hinteren Veranda neben einer Wanne voll kalten Wassers.

Celia war eine hübsche Frau, blond und blauäugig. Sie hätte Lanes Schwester sein können, da sich ihre Haar- und Augenfarbe so ähnelten. Sie wirkte ein paar Jahre älter als ich und ihr Bauch war merklich gewölbt. Sie erwartete ein Kind.

„Deine Haare sind umwerfend", platzte sie heraus, dann bedeckte sie ihren Mund mit ihren Fingern und lachte. „Tut mir leid, aber die Farbe", sie seufzte, „ist so...verwegen."

Ich hob eine lange Strähne hoch. Ich musste sie erst noch hochstecken und schätzte, dass sie meinen Kopf wie eine wilde Wolke umgaben. Sie waren feucht gewesen, als mich die Männer zum Bett gebracht hatten und mir war keine Gelegenheit gegeben worden, sie vor dem Schlafen zu flechten.

„Ja, mir wurde gesagt, dass sie zu meiner Persönlichkeit passen."

Sie ließ ihre Hände auf ihren Bauch sinken und verschränkte sie in einander. „Dann werden wir uns gut verstehen. Erzähl mir von dir, während du dich fertig ankleidest."

Nachdem ich ein ordentlich gefaltetes Kleid aus meiner Tasche gezogen hatte, schüttelte ich es aus, stieg hinein und zog es über meine Hüften, bevor ich meine Arme durch die Ärmel schob.

„Ich komme aus Wichita. Ich wohne...habe mit meinen fünf Brüdern zusammengewohnt. Ansonsten gibt es nicht viel zu erzählen."

„Warum hast du dich dafür entschieden, Versandbraut zu werden?"

Ich sah weg und hielt mich so nah wie möglich an die Wahrheit. „Ich habe mein Zuhause verlassen, weil meine Familie ziemlich übermächtig war. Kein Mann konnte sich mir nähern und diejenigen, die Interesse daran hatten, mir den Hof zu machen, wurden weggejagt. Ich wollte mein eigenes Leben, Haus, Ehemann, bevor ich zu alt wurde, um all das zu haben."

„Deine Familie hat dich einfach gehen lassen? Wenn es ihnen nicht gefallen hat, dass Männer um dich herumscharwenzeln, dann hätten sie dich sicherlich nicht allein in einen anderen Staat reisen lassen, um einen Mann zu heiraten, den du nicht einmal gekannt hast. Und dann hast du auch noch erfahren, dass du zwei zum Preis von einem bekommen hast."

„Zwei war eine Überraschung", erwiderte ich. „Und nein, sie haben mich nicht gehen *lassen*. Theoretisch gesehen, bin ich weggelaufen."

„Mmh, ich bin auch weggelaufen, aber aus anderen Gründen." Sie ging zu dem Stuhl unter dem Fenster und setzte sich. „Ich hoffe, du hast nichts dagegen", meinte sie und deutete mit ihrer Hand auf den Stuhl. „Meine Ehemänner versohlen mir den Hintern, wenn sie herausfinden, dass ich zu lange gestanden habe."

Mein Mund klappte bei ihren Worten auf.

„Dann wärst du aber nicht in der Lage zu sitzen", sagte ich, bevor ich nachgedacht hatte.

Sie lachte. „Ja, das ist wahr. Also werde ich mich hinsetzen, bevor sie mir den Po versohlen, was in mir den Wunsch zum Stehen wecken würde. Das ergibt kaum Sinn, oder? Ich werde ihnen das erzählen müssen und vielleicht werden sie dann davon absehen, mich übers Knie zu legen, bis das Baby geboren wurde. Andererseits…ich mag einige kräftige Hiebe auf den Hintern."

Ich starrte sie einfach nur an. Ich wusste, meine Augen

*Eine verwegene Frau*

waren groß, insbesondere als sie bei meinem Gesichtsausdruck auflachte.

„Es tut mir leid. Ich vergesse mich. Ich war Witwe, als ich Luke und Walker geheiratet habe. Du, nehme ich an, hast erst letzte Nacht herausgefunden, wie es mit einem Mann oder Männern ist."

Ich nickte, erinnerte mich wieder an meine Aufgabe und knöpfte mein Kleid zu. Ich spürte auch, dass ich zwischen meinen Beinen immer noch feucht war, da der Beweis dessen, was wir getan hatten, dort nach wie vor vorhanden war.

„Du…ähm, du magst es, wenn dir der Hintern versohlt wird?", fragte ich.

Sie blickte zur Tür, dann zurück zu mir.

„Von Luke und Walker, ja. Es ist…gut."

Jetzt war ich diejenige, die lachte. „Gut?"

Sie lächelte verschmitzt. *„Sehr* gut."

„Du scheinst sehr glücklich mit deinen Ehemännern zu sein", stellte ich fest.

Sie sah hinab auf ihren Bauch und streichelte mit der Hand darüber. „Meine erste Ehe war eine unglückliche voller Untreue. Ich wusste, dass Walker und Luke nicht unerfahren waren, als wir heirateten, aber nach meinem ersten Ehemann musste ich wissen, dass sie treu sein würden. Sie sind ziemlich besitzergreifend."

Ich sah sehnsüchtig in ihr glückliches Gesicht, auf ihren runden Bauch. Ich wollte das. Einen Gesichtsausdruck, den nur ihre Ehemänner bei ihr hervorrufen konnten, ein Kind, das in ihrem Bauch heranwuchs und der Beginn ihrer eigenen Familie sein würde.

„Ja, das kann ich mir vorstellen. Nach dem zu schließen, was wir letzte Nacht getan haben", ich errötete heftig, aber ich brauchte ein wenig Anleitung und Celia war vielleicht die einzige Frau, die die…Intensität, mit zwei Männern zusammen zu sein, verstehen konnte, „sind sie sehr bewandert in diese Ehe gegangen. Diesbezüglich bin ich nicht völlig ahnungslos. Fünf ältere Brüder haben mir so einiges über die Verhaltensweisen von Männern beigebracht."

„Alle älter?", fragte sie eindeutig fasziniert. „Oh meine Güte. Ich bin mir sicher, dass Lane und Spur jetzt, da sie dich haben, aufhören werden, ihre Geliebte zu besuchen."

*Eine Geliebte.*

„Sie haben sich eine Geliebte geteilt?", fragte ich mit schwacher Stimme. Lane hatte gesagt, er würde die Ehe ernst nehmen, hatte mir sogar Dinge wie das Kartenspielen und Saloonbesuche verboten. Sie hatten Anziehung erwähnt, die zügellos war, aber das bedeutete nicht, dass er keine Geliebte haben würde. Und Spur war genauso potent. Wenn sie mich teilten, hatten sie sie dann auch geteilt?

„Ich weiß nur, dass ihr Name Lil ist. Deine Männer sprechen nicht über sie. Als Walker, Luke und ich geheiratet hatten, sind wir in diesem Haus untergekommen. Es war Winter und hat geschneit und wir waren von Denver hierher geritten. Wir verbrachten die Nacht hier, bevor wir den Berg hoch nach Slate Springs weitergereist sind. Es war unsere Hochzeitsnacht, weshalb Lane gegangen und bei Lil geblieben ist, um uns Privatsphäre zu geben." Sie erhob sich, kam zu mir und tätschelte meinen Arm. „Mach dir keine Sorgen. Wenn deine Männer so ehrenhaft sind wie meine, gehört sie der Vergangenheit an."

Eifersucht pulsierte durch meine Adern und ich war wütend darüber. Wo war meine Pistole? Nein, ich konnte nicht daran denken, was vor gestern passiert war. Meine Hand hochhaltend, erzählte ich ihr: „Ja, das stimmt. Aber… egal, vergiss es. Ich will es nicht wissen."

„Ja, das verstehe ich", entgegnete sie, dann sah sie hoch zu meinen Haaren. „Ich hätte sie nicht erwähnen sollen. Ich bin mir sicher, dass es nichts ist und dafür entschuldige ich mich. Soll ich dir deine Haare hochstecken?"

Ich konnte meine Haare problemlos selbst zu einem Knoten frisieren, aber ich erkannte ihr Angebot als das was es war: ein Themenwechsel. Während sie meine Haare zu einer hübschen Frisur zog und drehte, dachte ich allerdings daran, dass die Männer eine Geliebte hatten. Sie war ihr Geheimnis. Ich hatte auch eines. Wenn ich ihnen die Wahrheit erzählte, dass ich nicht wirklich Patricia Strong war, ihnen erklärte, was ihr passiert war, würden sie es vielleicht verstehen. Eine Frau hatte nicht die gleichen Möglichkeiten wie Männer. Ich hatte kein Geld, von dem ich leben könnte. Zur Hölle, meine Brüder waren wahrscheinlich auf der Jagd nach mir. Ich wollte mein eigenes Leben führen und ich hatte die Gelegenheit ergriffen, die sich mir geboten hatte. Hatten Lane und Spur das nicht auch an einem Punkt in ihrem Leben getan?

Was konnten sie schon mit mir tun, außer mich rauszuwerfen? Sie könnten mir den Hintern versohlen, wie sie es in der vergangenen Nacht kurz und zum Spiel getan hatten. Sie könnten mich in die Kirche schleifen und mich heiraten. Aber sie könnten mich auch rauswerfen. Was würde dann aus mir werden? Allein, mittellos würde ich sogar noch schlimmer als die Frau, Lil, dastehen. Zumindest erhielt Lil Geld von den Männern, die sie fickte.

Nein, Lane und Spur waren vernünftige Männer. Ich würde ihnen die Wahrheit erzählen, sobald die Tates weg waren, dann – wenn sie mich behielten – würde ich ihnen erklären, dass ich ihre Treue brauchte. Ich wollte, nein, musste genug für sie sein. Es würde vielleicht helfen, wenn ich ihnen das sagte, während ich bewaffnet war.

## 10

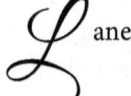ane

Ich rieb mir über den Nacken in der Hoffnung, die angespannten Muskeln zu lockern und den Schmerz, den sie hervorriefen, zu lindern. Die Sonne war schon lange hinter den Bergen verschwunden, was neben meinem knurrenden Magen ein weiteres Anzeichen dafür war, dass ich viel zu lange weggewesen war. Einer der Jungs aus der Mine war gekommen, um mich zu holen, weil es einen kleinen Einsturz gegeben hatte. Der Junge hatte mir versichert, dass niemand verletzt worden war, aber ich hatte Piper und Spur mit den Tates zurückgelassen, damit ich mich um eine weitere Krise kümmern konnte. Ich wollte einfach nur noch, dass die Mine verkauft und aus meinen Händen war. Ich brauchte sie nicht mehr, um Geld zu verdienen. Ich hatte genug davon. Zu viel.

Als ich die Treppe hochlief und durch die Küche ins Haus trat, konnte ich alle im Esszimmer hören. Der Duft nach

*Eine verwegene Frau*

gebratenem Fleisch füllte die Luft und mein Magen knurrte wieder. Spur musste mich gehört haben, denn er trat in den Raum.

„Und?" fragte er.

„Das Gleiche wie zuvor. Entweder wurden die Stützbalken im neuen Bereich falsch aufgestellt oder sie waren einfach von Anfang an schwach. Morgen werde ich hingehen und alle inspizieren müssen."

„Da ich nicht gerufen wurde, nehme ich an, dass niemand verletzt worden ist."

Ich schüttelte den Kopf und lehnte mich an das Waschbecken.

„Das ist zumindest gut."

Ich deutete mit dem Kinn zum Esszimmer. „Läuft alles gut?"

„Piper hat sich schnell mit ihnen angefreundet. Wir haben dir einen Teller aufgehoben."

Ich drehte mich zum Waschbecken, pumpte etwas Wasser und wusch meine Hände. „Gut, ich bin am Verhungern."

„Du warst nicht nur in der Mine."

Verdammter Spur und seine Feinfühligkeit. „Ich habe kurz bei Lil vorbeigeschaut." Meine Hände schüttelnd, fuhr ich fort: „Hab ihr von Piper erzählt."

„Oh? Was hat sie dazu gesagt?"

„Meinte, Piper würde bestimmt den Großteil meiner Zeit veranschlagen. Fragte sich, ob ich noch immer zu ihr kommen könnte."

„Und?"

Ich seufzte wütend. Als ob ich Lil jetzt, wo sie mich am meisten brauchte, einfach im Stich lassen würde. Ich verdankte ihr alles. Mein Leben. Als ob ich wegen meiner Ehe aufhören würde, sie zu besuchen.

„*Und* ich sagte, natürlich werde ich sie weiterhin besuchen. Sagte, dass du auch weiterhin kommen würdest.

Gemeinsam, wenn Piper mit Celia beschäftigt werden kann."

Ich schnappte mir ein Tuch, trocknete meine Hände ab und wandte mich ihm zu. Ich schaute allerdings nicht auf ihn, sondern auf Piper, die im Türrahmen stand. Sie hielt nur eine Sekunde inne, bevor sie eintrat und mir ein schmales Lächeln schenkte.

„Alles in Ordnung in der Mine?", fragte sie.

Fuck, hatte sie gehört, dass ich Lil erwähnt hatte? Ich wollte es ihr jetzt nicht erklären. Nicht jetzt, wo alles so gut lief. Gut lief? Zur Hölle, das war eine böse Untertreibung. Die Dinge standen absolut fantastisch mit Piper. Ich hätte mir nie träumen lassen, dass wir eine Frau bekommen würden, die so perfekt für uns war. Es schien, als hätten wir die Frechheiten direkt aus ihr gefickt. Ich wusste, das war nicht von Dauer. Zur Hölle, wenn sie erfuhr, dass ich ein Geheimnis vor ihr hatte, würde sie mich wahrscheinlich erschießen. Auch wenn Lil sie kennenlernen wollte, konnte ich es einfach nicht. Noch nicht. Ich wollte nicht, dass sie in meine Vergangenheit involviert wurde. Meine Kindheit war schlimm gewesen. Ich hatte sie hinter mir gelassen, hatte sie zur Seite geschoben, da es zu schmerzhaft war, zu viel daran zu denken. Die Albträume kamen allerdings oft ungebeten. Ich konnte mich an ihre Stimmen, ihr Stöhnen, den stinkenden Atem, den Schmerz erinnern, sowie die Art, wie meine Mutter die Tür geschlossen hatte…wissentlich.

Ich war beschmutzt und weigerte mich, dass Piper damit in Berührung kam. Das war der Grund, warum ich zufrieden damit war, sie mit Spur zu heiraten und zu teilen. Er war ganz. Er war nicht von seiner Mutter verkauft und von Männern für deren krankhaftes Vergnügen benutzt worden. Ich konnte ihr nicht erzählen, was mir passiert war. Ich sprach nicht darüber. Mit niemandem, niemals. Und wenn ich ihr erklärte, wer Lil war, würde der Rest offenbart werden und ich konnte dorthin nicht zurückgehen. Niemals wieder.

Ich marschierte durch den Raum und nahm sie in meine Arme. Sie war so warm, so weich und ich seufzte, während ich das Gefühl von ihr in meinen Armen genoss. Dann bemerkte ich, dass sie mich nicht umarmte, ihre Arme an ihren Seiten hingen und ihr Körper fast steif war. „Nein. Ich muss zurückgehen und jeden verdammten Stützbalken inspizieren."

„Ich wusste nicht, dass *inspizieren* auch *ficken* bedeutet. Ich bin mir sicher, die *Balken* deiner Geliebten brauchen stundenlange Aufmerksamkeit."

Mein Gehirn setzte aus. „Schatz, das ist nicht wahr."

Sie trat aus meinem Griff und sah zu Spur. Jegliche Farbe war aus ihrem Gesicht gewichen.

„Nenn mich nicht Schatz. Ich bin nicht dein beschissener *Schatz*. Ich bin nichts außer deiner verdammten Frau." Sie reckte ihr Kinn empor, in ihren Augen flackerte das kalte Feuer der Wut. Es war auch auf den Bastard im Saloon gerichtet gewesen, aber jetzt zielte es wie eine tödliche Waffe genau auf mich. „Geh. Geh zurück zu ihr."

Sie hatte es gehört, aber falsch verstanden und sie war verärgert. Wütend. Jetzt wusste ich, dass sie fluchte, wenn sie wütend war. Sie dachte, Lil wäre meine Geliebte, dass ich sie fickte. Wenn sie nicht so aufgebracht wäre, hätte ich es lachhaft gefunden. Warum zur Hölle sollte ich eine Geliebte haben, wenn sie die süßeste, perfekteste Pussy der Welt hatte? Scheiße. Das hatte ich selbst zu verantworten.

„Ich muss dir das erklären", erwiderte ich einfach.

„Erklären?" Sie schüttelte den Kopf. „Oh Bitte. Ich habe genügend Brüder, um zu wissen, wie Männer funktionieren. Ihre Bedürfnisse sind einfach zu groß für nur eine Frau, richtig? Wir haben nie über Treue gesprochen. Außerdem bist du nicht wirklich mein

Ehemann. Er ist es. Du darfst mit mir schlafen und mit jeder anderen Frau, die du haben willst." Sie warf einen Blick zu Spur, dann wieder auf mich. „Offensichtlich erlaubt das Gesetz von Slate Springs dem Mann seinen Schwanz in jede Frau, die er will, zu stecken, da er sich bereits seine Frau teilt. Ist das nicht so?"

„Piper", warnte Spur sie.

Ich kannte seinen Tonfall, wusste, dass er dachte, sie würde zu weit gehen. Aber ihre Wut war berechtigt, da ich ihr erst noch alles erklären musste.

Ich rieb mir mit der Hand über den Nacken. „Lil...sie ist, es ist nicht das, was du denkst."

„Ja, Lil. Ich habe von ihr gehört."

Sie hatte es gehört? Scheiße. Celia. Natürlich. Aber sie kannten die Wahrheit nicht. „Nein. Sie ist – "

Die Alarmglocke der Mine erklang laut und deutlich und unterbrach mich. Das konnte nur eine Sache bedeuten. Desaster.

„Fuck", schrie ich schon fast.

Ich sah zu Spur. Sein Körper spannte sich an. „Scheiße", fügte er hinzu.

Piper sah verwirrt zwischen uns hin und her. „Was? Was ist das für ein Geräusch?"

„Die Mine. Etwas ist passiert. Etwas Schlimmes."

Ich wollte Piper nicht verlassen, dieses Gespräch unbeendet lassen, aber ich musste gehen. Es hatte einen Einsturz gegeben. Es konnte keine Explosion gewesen sein, das hätten wir gehört und aufgrund der Probleme mit den Stützbalken war ein Zusammenbruch wahrscheinlich.

Spur rannte den Flur hinab und ich folgte ihm. Er schnappte sich seine Tasche an der Eingangstür, obwohl die Tasche nicht ausreichen würde, um die Männer zu retten, falls welche verletzt waren. Luke, Walker und Celia trafen uns dort. Ihre Augen blickten uns besorgt entgegen.

*Eine verwegene Frau*

„Wir werden auch mitkommen", sagte Walker. „Celia, du bleibst hier."

„Ich bleibe nicht hier, aber ich werde mich auf die Seite, weg von der Gefahr stellen", widersprach sie.

„Piper, bleib bei Celia. Ich will keine schwangere Frau in der Nähe der Mine haben", sagte Spur.

Ich hatte keine Zeit, um an irgendetwas anderes zu denken als daran, was passiert war. In den sieben Jahren, in denen ich die Mine besessen hatte, war die Alarmglocke nur einmal ertönt. Ein Bereich war eingebrochen, aber niemand war eingeschlossen worden. Dieses Mal…zur Hölle, so fehlerhaft wie die Balken gewesen waren, konnte ich nur vom Schlimmsten ausgehen.

„Auf keinen verdammten Fall", entgegnete Piper.

Ich konnte nicht zurückbleiben und ihnen beim Streiten zuhören. Ich sprintete die Straße zur Mine hinab und überließ es den anderen, mit den Frauen zu streiten. Auf halbem Weg dorthin hörte ich jemanden hinter mir rennen und nahm an, dass es Spur war. Aber ich wartete nicht, bis er mich einhole.

Der Vorarbeiter rannte mit ernstem Gesicht auf mich zu. „Zusammenbruch in der linken Ader. Wir denken, dass vier Männer eingesperrt sind, aber sind noch nicht reingegangen."

Ich nickte, während Spur schwer atmend neben mich trat. Schweiß stand mir auf der Stirn und ein elendes Gefühl breitete sich in meinem Magen aus.

„Hol mir eine Laterne. Ich gehe rein."

Der Vorarbeiter nickte und rannte davon.

„Ich komme mit dir", verkündete Spur. „Wenn diese Männer verletzt sind…"

Er sagte nicht mehr. Das musste er nicht. Ich machte meinen Job und er machte seinen. Der Vorarbeiter brachte jedem von uns eine Laterne.

„Warte, ihr geht doch nicht etwa da rein?", fragte Piper und zog an meinem Arm. Ich hatte nicht gehört, dass sie sich genähert hatte.

Ich sah auf sie hinunter, sah die Überraschung und Sorge in ihrem Gesicht, hörte ihren abgehackten Atem. Dicke Strähnen ihres Haares hatten sich in der Eile gelöst.

„Du solltest doch bei Celia bleiben. Ich kann dich hier nicht gebrauchen."

Ihr Kopf flog zurück, als hätte ich ihr eine Ohrfeige verpasst. „Ja, dessen bin ich mir bewusst. Dennoch kannst du nicht ernsthaft in Erwägung ziehen, dort rein zu gehen?"

Über meine Schulter warf ich einen Blick auf den rustikalen Eingang zur Mine. Er war nicht schick, nur ein großes schwarzes Loch mit Stützbalken, die die Öffnung markierten. Wagenspuren führten tief in den Berg.

„Die Mine ist bereits zusammengebrochen. Meine Männer sind dort drinnen. Spur ist der Arzt, weshalb er sie behandeln kann."

„Aber – "

Ich legte meine Hand über ihren Mund. „Wir werden reden. Später." Ich ersetzte meine Finger mit meinen Lippen und gab ihr einen kurzen, harten Kuss. „Aber du musst gehen."

Über ihren Kopf hinweg sprach ich zu Luke, der direkt hinter ihr neben Walker stand. „Ich brauche dich hier draußen zur Organisation der Dinge."

Er besaß die Trusty Mine und wusste, was getan werden musste.

„Und Walker, kümmre dich um Piper. Egal was passiert."

Er nickte einmal. Worte waren nicht nötig. Er würde sie mit seinem Leben beschützen, genauso wie wir Celia beschützen würden, wenn es nötig werden sollte. Ich sah ihre Frau nicht und hoffentlich bedeutete das, dass sie den Streit gewonnen hatten. Ich könnte es nicht ertragen, wenn

Celia und dem Baby etwas passierte. Die Männer in der Mine kannten die Gefahren ihres Jobs. Celia war eine Unschuldige und ich wollte sie in Sicherheit wissen.

„Bereit?", fragte ich Spur und holte tief Luft. Ich musste meinen Herzschlag beruhigen, aber ich wusste, das war unmöglich.

Die Menge, die auf den Alarm reagiert hatte, wuchs an. Frauen weinten, umarmten einander, Männer rannten umher. Luke schloss sich dem Vorarbeiter an und machte sich an die Arbeit.

Spur nickte. „Bis bald, Piper."

Ich sah ein letztes Mal zu ihr und deutete hinter sie, womit ich ihr verdeutlichen wollte, dass sie von hier verschwinden sollte, bevor ich mich der Mine zuwandte. Sobald wir die dunkle Höhle betraten, verschwand jegliches Licht von draußen und es wurde merklich kühler. Die Luft war staubig, der Klang von Stimmen hallte schaurig von den Wänden. Ich hielt inne, sah nach Spur und betrat dann die dunkle Hölle eines Mineneinsturzes.

―――

Piper

Fuck. Scheiße. Verdammt. Ich arbeitete mich durch alle Schimpfwörter, die meine Brüder gerufen hatten, wenn sie wütend gewesen waren. Ich *sollte* mir Sorgen um Lane und Spur machen, weil sie in die Mine gingen, noch dazu eine, die gerade zusammengebrochen war. Das tat ich auch, aber die Sorge war gemäßigt. Ich war wütend. Unglaublich zornig, um den Schmerz zu überspielen. Es war viel einfacher wütend zu sein als traurig. Die Männer wussten, was sie taten und ich musste ihnen darin vertrauen.

Lane und Spurs Gespräch zu überhören, hatte bestätigt, was Celia erzählt hatte. Es gab eine Frau namens Lil, eine Frau, die sie sich teilten. Die sie fickten.

*...natürlich werde ich sie weiterhin besuchen. Sagte, dass du auch weiterhin kommen würdest. Gemeinsam, wenn Piper mit Celia beschäftigt werden kann.*

Eifersucht tobte in meinem Magen bei dem Gedanken daran, dass die beiden mit einer Frau, einer Geliebten, Zeit verbracht hatten, bevor wir uns kennengelernt hatten. Aber davon musste ich mich freimachen. Sie waren keine Mönche. Tatsächlich zu wissen, dass Lane sie gerade besucht hatte, am verdammten helllichten Tag, während wir Gäste hatten, riss mir jedoch das Herz heraus.

Ich kannte sie seit einem Tag. Einem verdammten Tag und ich war zerstört. Innerlich verkrüppelt. War es das, wovor mich meine Brüder zu beschützen versucht hatten? Grausame Männer oder die Unehrlichkeit ihrer Schwüre? Ich wollte einen Ehemann, eine Familie. Liebe. Ich wollte Ergebenheit. Ich wollte Treue. War das etwa zu viel verlangt? Das war es eindeutig.

Ich hatte nicht nur einen Ehemann, sondern zwei. Man würde meinen, dass die Chancen, betrogen zu werden, bei zweien geringer wären, aber nein. Stattdessen tat es doppelt so weh. Spur hatte nicht geleugnet, dass er *sie* mit Lane geteilt hatte und diese Auslassung machte ihn genauso schuldig.

Mangelte es mir so sehr an Reizen, dass sie die andere Frau behielten oder hatte sie etwas an sich, das... unwiderstehlich war? War das überhaupt wichtig?

Nachdem die Männer von der Mine verschlungen worden waren, machte ich auf der Hake kehrt und wandte mich Walker zu. „Ich gehe nach Hause."

Was für einen Sinn machte es schon, hier herumzustehen? Sie wollten mich hier nicht. Zur Hölle, sie wollten mich nirgends haben. Doch, das taten sie. Sie wollten mich nackt und willig, gierig nach ihren Schwänzen, obwohl es mir offensichtlich an irgendeinem *Talent* mangelte, über das Lil verfügte. Sie befriedigten ihre Bedürfnisse mit meinem Körper, aber fanden etwas ganz anderes mit Lils.

Walker nickte lediglich und folgte mir. Obwohl seine Beine wahrscheinlich doppelt so lang waren wie meine, gab er mir Freiraum. Als verheirateter Mann wusste er zweifelsohne, dass er einer wütenden Frau etwas Raum geben sollte.

Es war gut, dass ich Lane und Spur nie die Wahrheit darüber, dass ich Patricias Platz eingenommen hatte, erzählt hatte. Ich war nicht wirklich mit ihnen verheiratet und konnte daher einfach gehen. Ich steckte nicht bei ihnen fest. Wenn sie mich nicht vollständig wollten, dann wollte ich sie auch nicht. Sie hatten die Wahrheit nicht verdient. Ich wusste jetzt, wo ich mit ihnen stand, hatte den Vorteil. Meine Brüder hatten immer gesagt, um es in Poker-Begriffen auszudrücken, dass man nie all seine Karten offenlegen sollte. Ich murmelte und fluchte, während ich zu Lanes Haus zurückeilte.

Celia wartete Hände ringend auf der Veranda auf mich. „Geht's dir gut?", fragte sie und legte eine Hand auf ihren Bauch.

„Ging mir noch nie besser", antwortete ich kurzangebunden. Ich ging in das Büro der Männer, einen Raum, an dem ich bisher nur vorbeigelaufen war, aber nie betreten hatte, und suchte nach meiner Pistole. Nachdem ich sie Spur im Mietstall in Pueblo gegeben hatte, hatte ich sie völlig vergessen. Sie hatten mich gut davon abgelenkt. Die Entdeckung meiner beiden Ehemänner, dann die epische Nacht wilder Hemmungslosigkeit. Dabei hatte ich die Pistole ganz vergessen. Jetzt allerdings, jetzt wollte ich das verdammte Ding.

„Wonach suchst du?", fragte sie. Walker stand hinter ihr mit einer Hand auf ihrer Schulter.

„Meine Pistole."

„Warum brauchst du eine Pistole?", fragte Walker mit nervöser Stimme. Er stellte sich vor Celia.

„Sie wird mich nicht erschießen", murmelte sie, aber Walker bewegte sich nicht.

„Keine Sorge, ihr beiden seid in Sicherheit. Was eure Freunde Lane und Spur angeht, so werde ich sie nicht töten", versicherte ich ihm. „Noch nicht zumindest."

## 11

iper

Ich fand sie in der untersten Schublade seines Schreibtisches. „Aha!"

Triumph. Lächelnd hob ich die vertraute Waffe auf und überprüfte sie auf Munition. Anschließend stürmte ich aus dem Raum, wobei mir beide aus dem Weg traten.

Als ich auf halbem Weg die Treppe hoch war, rief Walker mich.

Ich sah über meine Schulter.

„Wir werden hier bei dir bleiben, bis sie zurückkehren. Du brauchst deine Pistole nicht. Ich versichere dir, bei Luke und mir wirst du in Sicherheit sein."

Ich schüttelte den Kopf und überdachte, was ich tun sollte. „Nein. Ich hole meine Tasche und dann bringst du mich nach Slate Springs."

„Slate Springs? Jetzt?" Walker runzelte die Stirn. „Willst du nicht auf deine Ehemänner warten?"

Ich schüttelte den Kopf. „Zur Hölle, nein. Lane ist nur Teil dieser Ehe wegen...welches Wort hat er nochmal verwendet? Oh, ja, meiner Pussy. Spur ist der Ehemann auf der Heiratsurkunde." Ich erzählte ihm nicht, dass mein Name nicht darauf stand. „Er ist mein echter Ehemann. Sein Zuhause ist in Slate Springs. Wenn sie mich wollen, dann können sie zum beschissenen Slate Springs kommen und mich dort aufsuchen."

Außerdem musste ich irgendwo hingehen, wo mich meine Brüder nicht finden würden, da ich nicht wirklich mit den beiden verheiratet war. Wenn mich meine Brüder fänden, würden sie mich nicht nur nach Hause schleifen und nie mehr unbegleitet aus dem Haus lassen, sondern ich würde auch als gebrauchte Ware betrachtet werden. Doppelt benutzt. Nein, es war an der Zeit, sich niederzulassen, mein eigenes Leben zu gestalten. Keine übermächtigen Brüder, keine betrügerischen Ehemänner. Ich war gut genug im Pokern, um Geld zu verdienen und eine Stadt voller Bergarbeiter war perfekt dafür geeignet. Dort gab es eine Menge Kartenspiele, an denen man teilnehmen konnte. Allerdings nicht in Jasper. Ich weigerte mich in der gleichen Stadt zu bleiben wie *sie*. Lil. Ich hatte auch meinen Stolz.

„Ich glaube nicht, dass es so ist."

„Was? Sie haben keine Geliebte namens Lil?"

„Scheiße", fluchte er und sah auf den Boden. „Ich werde nicht lügen, ich weiß, dass sie eine Geliebte namens Lil *hatten*. Lane hat sie für lange Zeit besucht. Spur, nun, das ist neu."

Als ich hörte, wie Walker davon erzählte, fühlte ich mich nur noch schlechter, wenn das überhaupt möglich war.

„Was das hier und jetzt angeht", er zuckte mit den Achseln. „Sie sind mit dir verheiratet. Sie brauchen niemand anderen."

Ja, das sollte wahr sein, aber das war nicht der Fall.

*Eine verwegene Frau*

„Hast du eine Geliebte, Walker Tate?", fragte Celia mit den Händen in die Hüften gestemmt.

„Was?", fragte er und sah hinab auf seine Ehefrau, als wäre sie verrückt.

„Du weißt über Lil Bescheid und hast nichts gesagt, obwohl ich es bereits wusste. Hast du irgendwelche Geheimnisse, von denen Spur und Lane wissen?" Sie hob eine Braue und wartete auf seine Antwort.

Ich sah den Ärger auf Walkers Gesicht, dann holte er tief Luft, stieß sie aus. Er streichelte mit seiner Hand über ihre Wange, dann umfasste er ihr Kiefer. „Frau, warum zum Henker brauche ich eine Geliebte, wenn ich dich habe? Ich will nur tief in dir sein. Die. Ganze. Zeit."

„Das ist genau das, was Piper von ihren Männern möchte", konterte sie.

„Warum zur Hölle streiten wir eigentlich?" Seine Stimme hallte laut durch den Flur. „Ich bin nicht derjenige, der fremdgeht."

Daraufhin lächelte Celia, ging auf ihre Zehenspitzen und küsste ihren Ehemann. Irgendwie beendete ihr Kuss den kleinen Streit und besänftigte den Zorn des großen Mannes. „Ich wollte nur sichergehen."

Walker drehte seinen Kopf zu mir. „Und du bist dir sicher, dass du nach Slate Springs gehen willst?"

Ich nickte traurig. Ich wollte, was sie gerade miteinander geteilt hatten. Eine Nähe, eine Verbindung. Vertrauen. „Lane ist heute Nachmittag zu ihr gegangen, während ich mit eurem Besuch beschäftigt war. Das hat er mehr oder weniger so gesagt, hat es nicht geleugnet. Hat sogar gesagt, dass er sie weiterhin besuchen und dass sich Spur ihm anschließen würde."

Walkers Augen weiteten sich und er fuhr sich mit einer Hand über den Bart. „Ich kenne sie. Deine Ehemänner würden das nicht tun. Es muss irgendein Missverständnis vorliegen."

„Kein Missverständnis. Ich gehe nach Slate Springs", verkündete ich, da ich nicht länger darüber reden wollte. „Dahin, wo Lil nicht ist. Ich werde in Spurs Hause bleiben." Ich lachte, als mir etwas bewusstwurde. „Sie bezahlen Lil. Nach dem, was sie letzte Nacht mit mir gemacht haben, habe ich mir mindestens ein paar Nächte Unterkunft in Spurs Haus verdient."

Walker wirkte nicht überzeugt. Er kannte seine Freunde länger, aber ich hatte die Wahrheit direkt von ihnen gehört. Es war kein Gerücht. „Piper, ich denke, du liegst falsch. Es macht einfach keinen Sinn."

„Willst du mit mir wirklich darüber streiten?", fragte ich.

Er musterte mich für einen Moment. „Du weißt nicht einmal, wie man nach Slate Springs gelangt."

Ich lächelte, wenn auch ohne Wärme. „Das ist der Grund, warum du mich dorthin bringen wirst. Wenn sie mich an Stelle von Lil wollen, okay. Sie werden wissen, wo sie mich finden können. Muss ich meine Pistole auf dich richten? Ich verspreche, ich bin eine gute Schützin."

Er hob seine Hände zum Zeichen der Ergebung. Allerdings ging ich davon aus, dass er das weniger wegen meiner Drohung, seinem Körper Schaden zuzufügen, tat, sondern weil er nicht länger mit mir streiten wollte. Er wusste, dass ich recht hatte. Wusste, dass es gerechtfertigt war, dass ich verdammt wütend darüber war, dass meine Männer fremdgingen.

„Nein, Ma'am", entgegnete er, aber deutete mit einem Finger auf mich. „Deine Männer werden dir den Hintern versohlen, sodass du eine Woche lang nicht sitzen kannst. Ich habe dich gewarnt."

„Sie können es versuchen."

Ich überwand die Treppe zwei Stufen auf einmal nehmend, um meine Besitztümer einzusammeln.

„Sie können es versuchen", murmelte ich ein weiteres Mal, während ich in Lanes Schlafzimmer lief, wo das Bett immer noch ungemacht war nach unserer Nacht voller... Hemmungslosigkeit. Ich hatte meine Tasche schnell gefüllt. Ich war nicht lang genug in dem Haus gewesen, um viel auszupacken. Ich verschwand so schnell aus ihrem Leben, wie ich darin aufgetaucht war.

---

WIR BRAUCHTEN DREI STUNDEN, UM DIE SCHMALE STRASSE ZU überwinden, die sich durch die Berge wand, über einen steilen Pass und dann in ein schmales Tal, das die Stadt Slate Springs beherbergte. Ich hatte nie gewusst, dass ich mich in solcher Höhe aufhalten, solch wilde Schönheit sehen könnte. Walker war mit Celia auf seinem Schoß langsam geritten, um sicherzustellen, dass die Reise nicht zu anstrengend für sie war. Ihre Verbindung zu beobachten, selbst ohne Luke bei ihnen, war schwer zu ertragen. Sie hatten all das, was ich von Lane und Spur wollte, aber nie bekommen würde.

Als wir die Stadt erreicht hatten, sprach Walker ein Machtwort und weigerte sich, mich zu Spurs Haus zu bringen. Er weigerte sich sogar, mir zu erzählen, welches ihm gehörte. Ich sollte bei ihnen wohnen, da er meinen Ehemännern versprochen hatte, dass er mich beschützen würde.

„Ich kann dich nicht beschützen, wenn du dich am anderen Ende der Stadt aufhältst. Du wirst in unserem Haus bleiben oder ich bringe dich zurück nach Jasper." Als er meinen wütenden Gesichtsausdruck sah – denn ich war stinksauer, dass er mich mehr oder weniger reingelegt hatte – fügte er hinzu: „Das ist der Kompromiss, Piper. Es hat nichts mit deinen Ehemännern zu tun. Es hat nur damit zu tun, dass ich dafür sorge, dass du in Sicherheit bist."

Er hatte recht, meine Wut war nicht auf ihn gerichtet und er versuchte lediglich, alles richtig zu machen. Selbst mit meiner Pistole würde ich diesen Kampf nicht gewinnen, also gab ich nach und sie zeigten mir ein Gästezimmer. Erst dann, als die Tür hinter mir geschlossen war, ließ ich meinen Gefühlen freien Lauf. Ich weinte. Weinte um das, was ich wollte, aber nie haben würde. Weinte wegen der Lügen meiner Männer. Weinte sogar um Patricia. Ich weinte einfach nur und wartete. Tief in meinem Inneren wollte ich, dass Lane und Spur zu mir kamen, mich anflehten, ihnen zu vergeben. Dass sie sich von Lil und jeder anderen Frau abgewandt hatten und sich nur mir verpflichten würden. Aber das passierte nicht.

Nach zwei Tagen waren sie immer noch nicht gekommen und ich fragte mich, ob sie sich doch für Lil entschieden hatten? Ich dachte an mein eigenes Geheimnis und wie es sich auf die Ehe auswirkte. Zur Hölle, es gab *keine* Ehe.

Aber selbst wenn mein Name wirklich auf der Eheurkunde stünde, würde das an dem Sachverhalt nichts ändern. Wut pumpte zähflüssig und heiß durch meinen Körper und ich war bereit, mich den Männern zu stellen, sogar auf sie zu schießen, um sie wissen zu lassen, dass ich Fremdgehen nicht dulden würde. Nur wenn sie schworen, mir treu zu sein, würde ich ihnen die Wahrheit erzählen. Bis dahin war es sowieso keine richtige Ehe.

Aber es waren nicht Spur und Lane, die mich am dritten Tag aufweckten, sondern Luke. Er war dreckig, bedeckt mit Staub und Schmutz. Sein Hemd war zerrissen und er sah mehr als erschöpft aus, da er die ganze Nacht durchgeritten war, um nach Slate Springs zurückzukehren. Walker und Celia standen hinter ihm im Türrahmen.

„Die Mine ist zusammengebrochen", erklärte er mit schwacher Stimme.

Ich zog einen Schal vom Bettende und legte ihn mir um die Schultern. In dieser Höhe war es morgens kühl. „Ja, dessen bin ich mir bewusst. Das ist der Grund, warum Lane und Spur reingegangen sind, um zu helfen, warum du ebenfalls zurückgeblieben bist. Sind sie also bei Lil geblieben? Ist es das, was du mir erzählen willst?"

Er seufzte und schüttelte langsam den Kopf. „Gott, ich wünschte es wäre etwas, dass man so einfach beheben könnte. Die Mine ist wieder zusammengebrochen, während sie die schlechten Stützbalken repariert haben. Der Eingang ist verschüttet. Er ist seit gestern verschüttet. Große, große Felsbrocken. Man kann sie nicht entfernen."

Galle stieg mir in die Kehle. An seinem grimmigen Gesichtsausdruck erkannte ich, dass es noch mehr gab, dass es viel schlimmer war.

„Es scheint keine Überlebenden zu geben."

Ich brach auf dem Boden zusammen. Ich war die Witwe von zwei Männern, die ich nie geheiratet hatte.

---

Spur

„Ihr müsst mir nicht erklären, wie viel Glück ihr hattet", sagte Lil. Ihre Stimme war leise, viel schwächer als wir sie jemals gehört hatten. Sie lag in ihrem Bett und wurde von einem Stapel Kissen gestützt. Ihre Haare, die mittlerweile grau waren, waren zu einem einfachen, dicken Zopf geflochten, der über eine knochige Schulter fiel. Sie trug ein schlichtes weißes Nachthemd mit einer hellrosa Robe darüber. Sie hatte durch den Krebs so viel Gewicht verloren, sie löste sich praktisch vor unseren Augen auf. Nach sechzig Jahren würde sie von innen zerstört werden, nicht von ihrem harten, wilden und oft schwierigen Leben.

Obwohl es im Rest des Bordells um diese Zeit in der Nacht geschäftig zuging mit Männern, die begierig waren, ihre Bedürfnisse zu befriedigen, war es in Lils Zimmer ruhig, das im zweiten Stock in einer der hinteren Ecken lag. Jeder respektierte ihre Privatsphäre. Sie war von Denver hierher gezogen, als sie krank geworden war, um in der Nähe von Lane zu sein. Sie hatte sich bei ihrer Freundin, Rachel, die das Frightful Fawn führte, niedergelassen. Sie kannten sich bereits seit Jahrzehnten. Auch wenn Lil seit einigen Jahren keine Madame mehr war, fühlte sie sich in dieser Umgebung dennoch am wohlsten. Es war das Einzige, was sie wirklich kannte. Und daher hatte sich Lane, der nie irgendjemandem nachgab, ihrem Wunsch, bei Rachel zu wohnen, gebeugt. Im Gegenzug besuchte er sie regelmäßig und hatte mich sogar in Chicago kontaktiert, damit ich hierherzog.

Ich saß auf der Seite ihres Bettes, hielt ihre Hand und fühlte mit meinen Fingern ihren Puls, während sie sprach. Er schlug gleichmäßig – jetzt. Bald allerdings, bald würde es vorbei sein.

„Ja, der Zusammensturz hat den Eingang verschüttet, aber nicht alle Stützbalken zerstört. Auch wenn wir vom Rest abgeschnitten waren, waren wir relativ sicher."

Lanes Worte sorgten dafür, dass sich Lils Mund nach unten verzog. „Das habe ich alles bereits von jedem gehört, der mich besucht hat, und dann noch mehr Geschichten. Was ich nicht weiß, ist, wie ihr es geschafft habt, nur mit Kratzern und Schnitten davon zu kommen."

Sie sah uns mit klugen Augen an. Sie mochte zwar an der Schwelle zum Tod stehen, aber ihr entging nichts.

Lane zuckte mit den Achseln und dann zusammen. Nach fast zwei Wochen bereitete ihm seine Schulter immer noch

Schmerzen. Er hatte sich nichts gebrochen oder gezerrt, es handelte sich nur um Blutergüsse. Er hatte einen Schnitt auf der Stirn, der fast verheilt war, und einige Kratzer und weitere Blutergüsse am Rücken, Händen und Schienbeinen.

Ich hatte von einem heruntergefallenen Stein eine Beule am Hinterkopf in der Größe eines Gänseeis, höchstwahrscheinlich eine Gehirnerschütterung, aber dafür gab es keine Behandlungsmöglichkeit. Das Einzige, was wir gebraucht hatten, war Zeit gewesen und die hatte sich um das meiste gekümmert.

„Glück. Es gibt keine andere Erklärung dafür", sagte ich.

Nach dem ersten Zusammensturz hatten wir uns auf die Suche nach Verletzten und Überlebenden gemacht. Es hatte zwei Tage gedauert, um sie durch all den Schutt zu erreichen. Sie waren zwar dehydriert und hungrig, aber lebten. Aber als Lane und ich mit dem Vorarbeiter zurück in die Mine gegangen waren, um nach dem Grund für den Einsturz zu suchen und die Stützbalken zu ersetzen, hatte es einen weiteren Zusammenbruch gegeben, dieses Mal näher am Eingang der Mine.

Wir waren für drei Tage im Inneren eingeschlossen gewesen. In dieser Zeit in der kohlrabenschwarzen Dunkelheit war der Vorarbeiter völlig durchgedreht – etwas das ohne Licht und mit einem Hauch Klaustrophobie schnell passierte – und hatte uns von seinen bösartigen Handlungen erzählt. Lane und ich hatten zu diesem Zeitpunkt bereits vermutet, dass die Mine höchstwahrscheinlich sabotiert worden war, aber wir wussten nicht warum oder wie. Es war die einzige vernünftige Erklärung für all den Ärger, der aufgetreten war, seit Lane den Verkauf der Mine ausgehandelt hatte. Er hatte sie jahrelang besessen, ohne jemals Probleme mit dem Holz oder Einstürzen zu haben. Seine Mine war eine der sichersten in ganz Colorado gewesen.

„Rachel sagte, dass er beabsichtigt war, der Schaden", sagte sie.

Ich nickte, wobei ich an die Kerbe und das geschwächte Holz dachte, das wir gefunden hatten. „Wie sich herausstellte, hat der neue Besitzer versucht, den Wert der Mine zu senken. Wollte weniger zahlen."

Lils graue Augenbrauen hoben sich. „Also hat er die Männer in Gefahr gebracht, nur um Geld zu sparen?"

Lane tigerte durch den Raum. Er war nach wie vor wütend, dass er mit so einem Mistkerl verhandelt hatte. „Ja. Er hatte jemanden von der Crew angeheuert, um sicherzustellen, dass schlechte Stützbalken eingebaut wurden."

„Ist er noch auf freiem Fuß?"

Lane grinste. „Der Vorarbeiter, derjenige, der die Drecksarbeit für den neuen Besitzer erledigt hat, war mit uns in der Mine eingesperrt. Drei Tage mit dem Gedanken an den möglichen Tod und er hat alles gestanden. Hat uns sogar von dem einen Mal erzählt, als er mit sechs Jahren Süßigkeiten aus dem Warenladen geklaut hat und dass er früher ins Bett gemacht hat."

Es waren drei lange Tage gewesen und ich war froh, dass der Sheriff ihn in Gewahrsam genommen hatte, als wir aus der Mine gekommen waren.

„Ich bin nach Denver gegangen und habe den neuen Besitzer konfrontiert. Er sitzt hinter Gittern und ich habe mich an einen neuen Käufer gewendet, der über jede Menge Integrität verfügt."

„Wann geht der Verkauf über die Bühne?", wollte sie wissen.

„Nächste Woche, aber er hat bereits seinen neuen Vorarbeiter geschickt – einen, der unschuldig ist – damit er die Leitung der Mine übernimmt. Er ist vor zwei Tagen angekommen. Es ist beschlossene Sache."

*Eine verwegene Frau*

Ich hatte letzte Nacht schlecht geschlafen, dann den ganzen Tag bei einer Frau verbracht, die ihr erstes Kind auf die Welt gebracht hatte. Ich war bereit, nach Slate Springs und zu Piper zurückzukehren. Als Lane und ich aus der Mine gekommen waren, war Luke Tate bereits zu seiner Familie zurückgekehrt gewesen, da er sich völlig verausgabt hatte und ersetzt worden war. Pipers Aufenthaltsort kannte jeder – es war eine kleine Stadt – und wir wussten, dass sie sich bei den Tates aufhielt. Obwohl wir sie nur für einen Tag gekannt hatten, einen verdammten Tag, vermisste ich sie unglaublich und es war an der Zeit, sie abzuholen.

Wir waren nicht im Guten auseinandergegangen. Sie dachte, die Frau vor uns wäre unsere Geliebte. Wir waren in die Mine gegangen, während sie stinksauer gewesen war und hatten zu viel Zeit verstreichen lassen. Es war nicht unsere Absicht gewesen, zwei Wochen vergehen zu lassen, aber eine Menge Mist war dazwischen gekommen. Wir würden zu ihr gehen, alles erklären und die Dinge richtigstellen. In der Zwischenzeit war sie in Sicherheit gewesen, aber ich war ein egoistischer Mann. Sie war lang genug bei den Tates gewesen. Sie hatten ihre eigene Frau.

# 12

pur

„Genug von der Mine. Wie geht es dir?", fragte ich.

Lil hob ihre Hand, wedelte damit in meine Richtung und runzelte die Stirn. Ihre Haut hatte einen leichten Gelbstich, was mir verriet, dass es ihrer Leber nicht allzu gut ging. „Ich fühle mich, als würde ich sterben. Erzählt mir von eurer Frau."

„Piper", sagte Lane.

Sie warf Lane einen stählernen Blick zu. „Ja, Piper."

„Sie hat leuchtend rote Haare und einen dazu passenden feurigen Charakter." Ich erzählte ihr, wie wir sie zum ersten Mal im Saloon in Pueblo gesehen, wie sie den wütenden Mann mit Worten und einer Pistole zurechtgewiesen hatte. Ich konnte das Lächeln nicht unterdrücken, das sich auf meinem Gesicht ausbreitete, als ich mich daran erinnerte. Damals war ich beeindruckt gewesen und jetzt sogar noch mehr. Lane allerdings war nach wie vor verärgert über den

Vorfall und dass sie keinen Moment an ihre eigene Sicherheit gedacht hatte.

„Ich denke, ich werde sie sehr gern haben", meinte sie. „Erinnert mich an mich selbst, als ich noch jung war."

Ich dachte zurück an die Zeit, als Lil uns bei sich aufgenommen hatte. Sie war damals in ihren Dreißigern gewesen, ein Jahrzehnt älter als Piper jetzt, aber sie hatte eine Pistole mit erbarmungsloser Präzision abfeuern und jedem Mann den Kopf zurechtrücken können, egal ob betrunken oder nüchtern.

„Wo ist sie?"

„Slate Springs", antwortete ich. „Walker Tate hat sie mit sich nach Hause genommen. Dort ist sie in Sicherheit und hat seine Frau, Celia, zur Gesellschaft."

„Ich bin froh, dass sie bei Freunden ist, die sich um sie kümmern, aber sie sollte bei euch sein. Bei euch *beiden*. Ihr hattet doch gerade mal einen Tag mit ihr, oder?"

Wir nickten beide kurz und sie lachte. „Ich kenne Männer und ich kann mir nur ausmalen, in welchem Zustand eure Eier sind."

Lane rieb sich mit der Hand über den Nacken und ich war dankbar, dass mein Bart die Röte, die meine Wangen erhitzte, verbarg. Sie würde uns nie vergessen lassen, dass sie eine erfahrene Bordellbesitzerin war.

Lane knurrte sie fast an, weil er so frustriert war, das Piper nicht bei uns, zwischen uns war. Unter uns. „Wir mussten zuerst die Minenprobleme beseitigen. Zur Hölle, ich musste nach Denver und zurück reiten. Ich will in der Lage sein, mich allein auf sie zu konzentrieren, ohne dass uns etwas unterbricht."

Er erzählte Lil nicht, wie wütend Piper auf uns war und dass Lil der Grund dafür war. Unbeabsichtigt, aber dennoch der Grund.

„Hat zwei Wochen gedauert und jetzt können wir es tun",

erklärte ich. Auch wenn ich es liebte, Lil zu besuchen, wollte ich endlich unsere Reise in die Berge nach Slate Springs beginnen, um die Dinge zwischen uns zu klären.

„Dann geht und holt eure Braut. Bring sie mit, wenn du die Papiere unterzeichnest. Ich will sie kennenlernen, bevor ich sterbe." Sie hielt inne und musterte Lane. „Ah, das ist es also. Du willst nicht, dass sie mich kennenlernt."

Lane seufzte. Ich saß schweigend da und beobachtete sie. Es war am besten, wenn ich schwieg. Egal, wie oft ich mit ihm deswegen stritt, er würde seine Meinung nicht ändern. Piper musste Lil kennenlernen, um von ihr und unserer Vergangenheit zu wissen, damit sie uns verstehen konnte, damit sie verstehen konnte, woher wir kamen. Damit wir den Streit zwischen uns klären konnten. Ich bezweifelte, dass sie irgendetwas von dem, was wir erzählten, glauben würde. Lil kennenzulernen, war der einzige Weg, das Missverständnis zwischen uns aus dem Weg zu räumen.

Später, wenn sie uns nicht hasste, würde die Kenntnis über unsere Vergangenheit Piper dabei helfen, zu verstehen, warum wir einen so großen Beschützerinstinkt hatten und so unglaublich vernarrt in sie waren. Vielleicht war das der Grund, tief in unserem Inneren, warum wir gemeinsam hatten heiraten wollen. Wir wollten nicht, dass sie oder eventuelle Kinder jemals allein gelassen würden, dass das Risiko bestünde, Piper könnte wie eine unserer Mütter werden.

„Ich will, dass sie dich kennt. Das tue ich wirklich. Aber ich will nicht, dass sie meine Vergangenheit kennt. Sie ist tot und vergraben, genau wie meine Mutter", gestand Lane.

„Du warst immer der Sturkopf von euch beiden. Du schämst dich deiner Vergangenheit."

Ich sah zu Lane, dessen Wangen gerötet waren und dessen Augen etwas wild dreinblickten. Lils Worte waren ihm unangenehm. Gut. Er hatte eine alte Wunde, eine die ihm weitaus größere Schmerzen verursachte als irgendetwas, das ihm durch den Mineneinsturz passiert war.

„Ich schäme mich nicht, nicht für dich", erklärte er. „Niemals für dich. Du hast mich *gerettet*." Lane setzte sich neben sie auf das Bett, mir gegenüber. Er nahm ihre Hand und sah sie ernst an. „Du kannst nicht erwarten, dass ich Piper erzähle, was mir passiert ist." Er schüttelte seinen Kopf. „Ich…ich kann nicht."

Lil musterte ihn mit ihren aufmerksamen Augen, Augen, die alles sahen. „Also wenn sie mich kennenlernt, wird sie einfach nur wissen, was für ein Monster deine Mutter war?"

Er runzelte die Stirn. „Nein."

„Was wird sie dann sehen?"

„Eine Frau, die mehr eine Mutter für mich war als irgendjemand sonst. Eine Frau, die ich liebe und unglaublich vermissen werde."

Ich sah Trauer auf Lanes Gesicht und spürte das Gleiche in meinem Herzen. Sein Beharren auf dieser Sache war der Grund, warum Piper wütend auf uns war, warum sie das Schlimmste glaubte. Wenn er es ihr von Anfang an erzählt hätte, wäre das Ganze nie passiert.

Lil lächelte und tätschelte seine Hand. „Dann bring sie hierher und zeig ihr das. Der Rest, nun…ihr seid beide zu rechtschaffenen Männern herangewachsen. Habt weit mehr aus euch gemacht, als eure Vergangenheit hätte vermuten lassen. Ihr seid mehr, so viel mehr als eure Vergangenheit. Obwohl ich weiß, dass du sie nie ganz gehen lassen können wirst, weiß ich doch auch, dass dein Leben weitergehen wird."

Lane führte ihre Hand zu seinen Lippen und gab ihr einen sanften Kuss. Sie war müde.

„Du wirst mehr als deine Vergangenheit sein und das ist alles, was sie sehen muss. Jetzt bring diese Frau zu mir."

„Ja, Ma'am." Lane schenkte ihr ein schwaches Lächeln.

„Wir werden sie in Slate Springs abholen und hierherbringen, wenn ich die Papiere für die Mine unterzeichne."

Wenn uns Piper vorher nicht erschoss.

Lil sah zu mir. „Wirst du auch kommen?"

„Natürlich. Der Arzt, den ich ersetzt habe, ist in Rente gegangen. Er springt für mich ein, solange ich weg bin. Allerdings ist er nur davon ausgegangen, dass ich Piper in Pueblo abhole, nicht in einer Mine verschüttet werden würde", fügte ich hinzu. „Aber ich bin mir sicher, er kann sich noch ein paar Tage um alle kümmern. Außerdem bist du meine Lieblingspatientin."

„Schmeichler." Lil nickte leicht. „Gut Jungs."

„Bereit für dein Morphium?" Ihr Mund war zusammengekniffen und ich konnte sehen, dass ihre Muskeln anfingen, sich wegen der Schmerzen, die der Krebs verursachte, anzuspannen. Schon bald würde die Dosis so hoch sein, dass sie nicht mehr aufwachen würde. Glücklicherweise würde sie dann friedlich sterben.

Nachdem ich die Spritze gefüllt hatte, schob ich den Ärmel ihres Nachthemdes hoch, fand ihre Vene und schenkte ihr die süße Erleichterung.

Wir warteten die Minute, die sie brauchte, um einzuschlafen. Ich sah über Lils Körper zu Lane. „Du musst Piper alles erklären. Sie hat zwei verdammte Wochen lang geglaubt, wir hätten eine Geliebte. Lass uns unser Mädel holen."

---

LANE

„ENTSCHULDIGEN SIE."

*Eine verwegene Frau*

Wir waren gerade die Treppe zum Empfangsbereich des Bordells heruntergekommen. Das Haus war nicht so dekadent wie die Etablissements in Denver, die auf die Reichen zugeschnitten waren, aber es war groß genug, um die Kundschaft, bestehend aus Bergarbeitern und anderen Männern der Gegend, zu versorgen. Das Bordell verfügte auch über einen hervorragenden Whiskeyvorrat, um den Männern dabei zu helfen, über mögliche Defizite hinwegzusehen. Prostituierte, die scharf auf einen wilden Ritt waren, halfen ebenfalls.

Ich wandte mich der Stimme zu, während Spur die letzte Stufe nahm und sich dann neben mich stellte. Zwei große, junge, rothaarige Männer standen vor uns. Um jeden der beiden war jeweils ein knappbekleidetes Mädchen geschlungen, das sich fast wie eine Schlingpflanze an sie klammerte.

Zur Antwort hob ich eine Augenbraue. Nachdem ich Zeit mit Lil verbracht hatte und wusste, dass sie bald tot sein würde, schmerzte ich innerlich. Ich trauerte um sie und sie war noch nicht einmal tot. Allein die Besuche bei ihr weckten meine Vergangenheit und den Wunsch in mir, auf etwas einzuschlagen und mich gleichzeitig zu übergeben. Aber ich hatte jahrzehntelange Übung darin, die Hölle, die ich durchlitten hatte, zu verdrängen, und wartete daher geduldig darauf, dass der Mann sprach.

„Ich habe gehört, dass Ihnen die Mine in dieser Stadt gehört."

Die Männer waren definitiv Brüder, da ihre Gesichtszüge sehr ähnlich waren. Beide hatten blaue Augen und helle Haut, aber nur einer einen Bart. Sie waren gut gekleidet, aber ich konnte nicht erkennen, was ihr Beruf war, außer dass sie keine Bergarbeiter waren. Ihre Hände waren dafür zu sauber. Wenn sie Bergarbeiter *werden* wollten, würde ich sie zum Vorarbeiter des neuen Besitzers schicke. Ihre Größe wäre ein Gewinn.

„Das stimmt. Ich bin Lane Haskins."

„Ich bin Jed Dare und mein Bruder", er deutete mit seinem Kinn zu dem anderen Mann, „heißt Knox. Wir suchen nach unserer Schwester und so wie wir gehört haben, könnten Sie wissen, wo sie ist."

„Oh?", fragte ich und sah kurz zu Spur.

„Ich kenne keine Miss Dare. Es tut mir leid." Ich wandte mich zum Gehen.

„Ihr Name ist Piper und sie hat die gleichen Haare wie wir."

Ich hielt inne, meine Hand schwebte über dem Türknauf. Dann sah ich über meine Schulter zurück zu ihnen.

*Ich habe fünf ältere Brüder.*

Es gab nicht viele rothaarige Männer in der Gegend, ganz zu schweigen zwei, die sich ähnlich sahen. Ich sah allerdings keine Ähnlichkeit zu Piper. Sie war mindestens dreißig Zentimeter kleiner und hatte keine Gesichtsbehaarung oder einen Adams Apfel. Dennoch gab es keinen Zweifel daran, dass die zwei ihre Geschwister waren. Wenn die anderen drei Brüder eine ähnliche Größe hatten, verspürte ich Mitleid mit ihrer Mutter. Kein Wunder, dass sich keine Verehrer in Pipers Nähe gewagt hatten. Ich hatte selbst ein wenig Angst vor ihnen und ich war bereits mit ihr verheiratet.

„Sie kennen sie doch", stellte Jed Dare fest, der offensichtlich die Erkenntnis auf meinem Gesicht ablesen konnte. Er sah zu Knox und lächelte kurz, seufzte.

Spur trat nach vorne. „Ich bin Spurgeon Drews."

„Spurgeon, was für ein Name ist denn das?"

Spur war daran gewöhnt, dass sich die Leute über seinen Namen lustig machten und war wegen der üblichen Überraschung nicht beleidigt.

„Einer, mit dem mich meine Mutter gestraft hat. Ich werde aber Spur genannt. Was Piper betrifft, so nennt sie mich Ehemann."

Die Kinnlade beider Männer klappte herunter und sie starrten Spur mit großen Augen an.

„Sie ist…deine Frau?"

Spur nickte. „Mittlerweile etwas mehr als zwei Wochen."

„Wenn du mit Piper verheiratet bist, warum zum Henker bist du dann in einem Bordell?", fragte Knox und sah hinab auf die dunkelhaarige Frau, die sich an ihn klammerte und die ihre, von einem Korsett bedeckten Brüste, gegen ihn presste. Er ignorierte allerdings ihren Eifer.

Seine Hände ballten sich zu Fäusten.

Ich konnte ihm keinen Vorwurf machen. Es sah verdammt blöd aus, dass wir aus dem zweiten Stock eines Bordells gekommen waren. Das war praktisch dieselbe Frage, die uns Piper vor zwei Wochen gestellt hatte, bevor die Mine zusammengebrochen war. Ich hatte ihr damals nicht von Lil erzählen wollen und wollte auch jetzt nicht, dass sie es erfuhr, aber anscheinend war ich in der Minderheit. Was wie ein unschuldiger Versuch gewirkt hatte, meine Vergangenheit *in der Vergangenheit* zu lassen, hatte sich in ein monströses Desaster entwickelt. Spur hatte es bereits seit…schon immer gestört. Ich hatte Piper wütend gemacht und so wie ich ihr Temperament kannte, würde sie mich nach zwei Wochen wahrscheinlich sofort erschießen, wenn sie mich sah. Lil war aufgebracht und diese zwei Männer waren bereit, mich zu Brei zu schlagen.

Fuck.

„Vielleicht können wir draußen darüber sprechen oder habt ihr vorher Interesse an den Damen?", fragte ich und musterte die Frauen, die wie die muskulösen Männer an unseren Lippen hingen

Die Dare Brüder hatten die Frauen offensichtlich

vergessen, machten sich jetzt von ihnen los und stürmten aus der Eingangstür auf die ruhige Straße.

„Fang an, zu reden", verlangte Jed mit vor der Brust verschränkten Armen.

„Wie lautet Pipers richtiger Name?", fragte ich.

Sie sahen mich an und richteten ihre Wut auf mich.

„Piper", antwortete Knox. „Genau wie wir es euch erklärt haben."

„Nicht Patricia?", fragte Spur.

„Bist du taub?", schrie Knox.

„Nein", fügte Jed hinzu. „Ihr Name ist nicht Patricia."

„Was zum *Henker* geht hier vor sich? Wir sind den ganzen Weg von Wichita hierher gereist und wir wollen Antworten", befahl Knox.

„Und unsere Schwester", ergänzte Jed. „Wo zur Hölle ist sie?"

Piper, unsere Frau, war nicht wirklich Patricia Strong, sondern Piper Dare. Sie hatte uns angelogen und ihre Brüder waren erzürnt. Sie hatte gesagt, sie hätten ihr nie wehgetan, dass sie einfach nur überfürsorglich wären, daher hatte sie den Namen wohl kaum geändert, um ihnen aus dem Weg zu gehen. Ich kannte viele missbrauchte Frauen und Piper hatte sich nie wie eine verhalten.

„Da scheint eine kleine Täuschung vorzuliegen", meinte Spur, der ebenfalls wusste, dass wir da mitten in irgendetwas reingezogen worden waren. Ich drehte mich und sah ihn an, dann auf den Boden, bevor ich mich den wütenden Blicken von Pipers Brüdern stellte.

Sie warteten ungeduldig.

„Eure Schwester hat sich uns als Miss Patricia Strong vorgestellt, eine Frau, die ich als Versandbraut geheiratet habe. Wir haben sie wie geplant in Pueblo kennengelernt."

„Und du? Warum zur Hölle hat mich der Mann im Warenladen zu dir geschickt, Haskins, anstatt zu diesem

*Eine verwegene Frau*

Kerl? Ihrem Ehemann?" Knox deutete mit seinem bärtigen Kinn auf Spur.

„Weil ich nach dem Gesetz von Slate Springs, wo wir mit ihr leben werden, ebenfalls ihr Ehemann bin." Ich wusste meine Worte waren vergleichbar mit dem Entzünden trockenen Feuerholzes.

Die Männer starrten uns für eine Minute dümmlich an.

„Es handelt sich um ein Stadtgesetz, das zwei Männern erlaubt, die gleiche Frau zu heiraten", erklärte Spur.

Jed deutete auf Spur, dann auf mich. „Ihr wollt mir erzählen, dass unsere Schwester mit dir…*und* dir verheiratet ist?"

„Sie hat zwei Männer, die sie ficken und trotzdem geht ihr in ein Bordell? Was für Ehemänner seid ihr nur?", schrie Knox.

Das war eine gute Frage und jetzt verstand ich auch, warum Piper so aufgebracht gewesen war.

*Scheiße.* Ich war ein absolutes Arschloch und sie hatte die letzten zwei Wochen damit verbracht, über dem Ganzen zu brüten.

In diesem Moment wurde mir aber auch bewusst, dass es nicht das Schlimmste war, dass Piper dachte, sie wäre mit zwei Männern, die fremdgingen, verheiratet.

„Wie es scheint, meine Herren, sind wir gar nicht ihre Ehemänner", verkündete ich und sah zu Spur. Die Wahrheit war schwer zu schlucken. „Wir haben Patricia Strong geheiratet, nicht Piper Dare."

Auch wenn ich sie beschützen und besitzen hatte wollen, hatte ich nicht darüber nachgedacht, was es eigentlich bedeutete, ein Ehemann zu sein. Es bedeutete, mehr als meinen Körper zu entblößen und von ihr das Gleiche zu erwarten. Es bedeutete, alles zu teilen. Sogar meine Vergangenheit, egal wie schlimm sie war. Und jetzt, da ich wusste, dass Piper nie uns gehört hatte, dachte ich nur daran, dass wir nie eine Chance mit ihr gehabt hatten. Sie hatte ihre Gründe dafür gehabt, warum sie Patricia Strong verkörpert hatte und zwei davon standen wahrscheinlich direkt vor uns.

Wenn sie dachte, wir wollten sie nicht, wie sollten wir sie dann jemals dazu bringen, uns *wirklich* zu heiraten? Sie musste es nicht tun. Obwohl wir mit ihr geschlafen hatten, konnte sie immer noch jegliche Avancen, die wir ihr machten, verweigern. Ich wollte sie und ich wusste, Spur ging es genauso. Wir würden alles tun, um sie zu bekommen. Alles.

Jed trat direkt vor mich, sein Gesicht war nur noch Zentimeter von meinem entfernt. Ich konnte die dunklen Flecken in seinen blauen Augen sehen. „Willst du mir etwa erzählen, dass ihr beide unsere Schwester gefickt habt, obwohl ihr nicht einmal mit ihr verheiratet seid?"

Jeds Faust landete in meinem Gesicht und die Welt wurde schwarz, bevor ich mir auch nur eine Antwort überlegen konnte.

# 13

iper

„Du hast betrogen", knurrte der Mann, wobei er Speichel vor sich auf dem Tisch verteilte.

Ich wollte meine Augen verdrehen, aber wusste, dass der Mann das nicht gutheißen würde. Er war bereits wütend, dass er sein schwer verdientes Geld an eine Frau verloren hatte, also sollte ich es nicht noch verschlimmern. Warum mussten Männer nur solche Ärsche sein?

Jeder Einzelne war so. Meine Brüder waren herrisch und übermächtig. Lane und Spur waren betrügende Lügner. Diese betrunkenen Spieler waren schreckliche Verlierer und allesamt Frauenhasser.

Nun, nicht wenn eine nackt unter ihnen lag. Dann würde ein Mann garantiert lächeln und seine Münzen über den Tisch schieben. Aber im Gegenzug müsste ich mich ihm hingeben. Ich hatte das einmal kostenlos gemacht und es hatte mir nichts außer Herzschmerz beschert.

„Ich habe nicht betrogen", widersprach ich und betrachtete den Mann mir gegenüber am Tisch, während ich meine Gewinne vor mich zog. Seit ich an dem Tisch saß, hatte er bereits drei Whiskeygläser geleert und sein betrunkener Verstand sorgte dafür, dass er verlor. „Frag die anderen." Ich deutete mit dem Kopf auf die anderen zwei Männer am Tisch. „Sie haben ebenfalls ihr Geld verloren und sie beschweren sich nicht."

„Ja, aber nur weil sie unter deinen Rock wollen und wissen, dass das einfacher zu bewerkstelligen ist, wenn du keine beleidigte Schlampe bist."

Daraufhin lächelte ich und bemerkte, dass die zwei Männer dunkelrot anliefen. Auch wenn ich bezweifelte, dass sie wahre Gentlemen waren, so wusste ich doch, dass sie mich nicht einfach in eine Ecke schleifen und über mich herfallen würden.

„Das sind sehr weise Worte. Ich schätze, du wirst dann heute Abend kein Glück mit den Damen haben."

Der Mann erhob sich, wobei sein Stuhl umfiel.

„So etwas lasse ich mir von einer Frau nicht bieten."

Ich stand ebenfalls auf und zog meine Pistole aus meinem Täschchen. Es befanden sich bereits einige Münzen darin und wenn ich das, was auf dem Tisch lag, hinzufügte, würde es ziemlich schwer sein.

„Und ich werde es mir nicht gefallen lassen, dass du mich des Betrugs bezichtigst. Ich habe fair gewonnen." Bevor die Dinge noch schlimmer werden konnten, ließ ich meine Gewinne in meine Tasche fallen. Da ich jetzt auf mich allein gestellt war, brauchte ich sie. „Verschwinde mit deinem dürren Arsch von hier, bevor ich dich erschieße."

Der Mann rechts von mir schob seinen Stuhl zurück und stand mit erhobenen Händen auf. „Das wird sie wirklich tun." Er hatte sich bereits vier große Schritte von mir entfernt, als er hinzufügte: „Vor ein paar Abenden hat sie Sam Crockett die linke Ohrspitze weggeschossen."

„Ja, er hat wie ein abgestochenes Schwein geblutet", fügte ich hinzu.

Ich hatte die vergangene Woche damit zugebracht, die Saloons in Slate Springs zu besuchen. Es gab drei, weshalb ich zwischen ihnen rotierte. Da ich kein Einkommen mehr hatte – in Spurs Haus ließ es sich zwar gut leben, aber es gab kein Geld, um Essen auf den Tisch zu bringen – verdiente ich meinen Lebensunterhalt jetzt mit Kartenspielen.

Walker und Luke hatten mit mir gestritten, weil ich aus ihrem Haus ausgezogen war, aber ich wollte nicht für immer bei ihnen bleiben. Da Spur und Lane tot waren, musste ich entscheiden, was ich jetzt tun würde. Da jeder in der Stadt annahm, ich wäre mit Spur verheiratet, und Patricia die Einzige, die etwas anderes berichten könnte, ebenfalls tot war, spielte ich einfach mit. Es schien, dass ich mir den Tod zweier Menschen zum Vorteil machte, aber was sollte man als Frau schon tun?

Unglücklicherweise war ich bereits berühmt berüchtigt bei den Bergarbeitern und würde bald meine Chancen auf Kartenspiele verlieren. Nur die großspurigsten Männer wollten gegen eine Frau verlieren, eine Frau, die für ihre Fähigkeiten bekannt war. Mein Einkommen würde schon bald versiegen, weshalb ich bis dahin so viel einstrich, wie ich konnte.

Walker und Luke hatten mich gewarnt, dass mich ihr Schutz vor Bösartigkeiten bewahren, aber auch potentielle Ehemänner von mir fernhalten würde. Ich war Witwe, angeblich, und jetzt wieder heiratsfähig. Für die Männer war ich attraktiv, jung und alles, was sie sich von einer Braut wünschten. Mir war erzählt worden, dass, wenn erst einmal der Winter kam, die einzige Bedingung für eine Braut war, dass sie bei Bewusstsein war und vielleicht unter fünfzig Jahren.

Ich hatte bereits drei Heiratsanträge erhalten und war beinahe in eine *kompromittierende* Situation gebracht worden, aber meine Pistole, hatte die eifrigsten und verzweifeltesten Männer ferngehalten. Der Winter kam hier in den Bergen jedoch mit schnellen Schritten und ein Mann wollte eine Frau, die ihm das Bett wärmte. Ich bezweifelte, dass ich den ersten Schneefall überstehen würde, ohne verheiratet zu werden. Ich würde Slate Springs verlassen müssen, wenn ich das vermeiden wollte. Bald. Ich würde es bald tun, aber ich konnte einfach noch nicht durch Jasper reisen.

Obwohl sie mich so falsch behandelt hatten und ich so wütend auf sie gewesen war, bedeutete das nicht, dass ich Lane oder Spur den Tod wünschte.

„Es ist mir egal, ob sie ihn erschossen und an die Wand gehängt hat. Ich will mein verdammtes Geld."

Er kam mit einer Geschwindigkeit, viel schneller als für Betrunkene üblich, um den Tisch herum. Ich zögerte nicht und schoss auf ihn.

Er schrie überrascht und vor Schmerz auf, während seine Hand an sein linkes Ohr fasste.

„Nur für den Fall, dass du dich gefragt hast, ob ich eine schlechte Schützin bin und das Ohr des Mannes aus Versehen getroffen habe."

Ich trat einen Schritt zurück, dann noch einen, wobei ich meine Pistole weiterhin auf den Mann gerichtet hielt, dem jetzt Blut zwischen den Fingern hervorquoll. Ich wandte meine Augen nicht von ihm.

Er fluchte deftig, aber das hatte ich alles schon mal gehört.

Ich machte einen weiteren Schritt rückwärts und prallte gegen einen harten Körper. Ich erschrak und versuchte, mich umzudrehen, als sich Hände auf meine Schultern legten.

*Eine verwegene Frau*

„Es scheint bei dir gang und gäbe zu sein, in Saloons auf Männer zu schießen."

Ich wirbelte bei der vertrauten Stimme herum. „Lane", hauchte ich.

Er war eindeutig nicht tot. Tatsächlich wirkte er nicht einmal verletzt. Bis auf das blaue Auge. Seine Haare waren eine Spur länger als ich sie in Erinnerung hatte und blonde Bartstoppeln bedeckten seine Wangen. Ansonsten sah er…gut aus.

„Oh, mein Gott. Ich dachte…ich dachte…" Ich sprang in seine Arme und umarmte ihn, genoss das Gefühl seines harten Körpers an mir, seine Hitze, seinen Duft. Alles. Er war nicht tot!

„Schießt du in jedem Saloon auf Männer?", erkundigte sich Spur, der sich rechts neben Lane stellte und mein Handgelenk zur Seite schob, sodass die Pistole nicht auf ihn gerichtet war. Dann nahm er sie mir ab.

„Spur!" Ich ließ Lane los und packte ihn als nächstes. Dann fiel mir wieder alles ein und ich trat zurück. „Wartet. Wartet. Ich bin so wütend auf euch zwei. Was macht ihr hier? Wo ist Lil?"

Ich wusste, dass uns jeder im Saloon ansah.

„Das ist eure Frau?", schrie der Kerl, dem ich ins Ohr geschossen hatte. „Sie hat mein Geld genommen!"

„Sie hat dein Geld und auch deinen Stolz genommen", erwiderte Spur und sah über meine Schulter zu dem Mann. „Sei froh, dass sie statt deiner Eier nur ein Stück von deinem Ohr genommen hat." Er zielte mit meiner Pistole auf den Mann. „Jetzt habe ich die Pistole und ich bin kein so sicherer Schütze wie sie, was bedeutet, dass ich vielleicht nicht dein Ohr treffe. Es wird Zeit, dass du *meine Frau* in Ruhe lässt."

Das Geflüster und Geplapper begann von neuem. *Frau? Ich dachte, der Doc wäre gestorben.*

„Wir sind nicht in Pueblo. Muss ich dieses Mal auch warten?", fragte Lane Spur.

„Zur Hölle, nein."

Bevor ich mich wundern konnte, worüber sie sprachen, hatte sich Lane nach unten gebeugt und mich wie einen Sack Kartoffeln über seine Schulter geworfen. Ich konnte noch nicht einmal anfangen, ihm auf den Rücken zu trommeln, ehe er sich umgedreht hatte und aus der Tür getreten war. Die Männer pfiffen und schrien bei meinem Abgang. Beschämt konnte ich nichts anderes tun, als dankbar dafür zu sein, dass ich meine Gewinne bereits in mein Täschchen gesteckt hatte, das gegen Lanes Po klatschte, während er sich bewegte, was die Münzen zum Klingeln brachte.

Lane hielt nicht an, als er nach draußen trat, sondern lief weiter den Block hinab. Ich hämmerte auf seinen Rücken und schrie ihn an, aber ich gab auf, als er mich auf seiner Schulter verschob, wodurch mir die Luft aus dem Magen gepresst wurde. Außerdem war, auf seinen Rücken zu hämmern, vergleichbar damit, auf Marmor einzudreschen.

Endlich, endlich stoppte er und setzte mich ab. Er hielt kurz meine Oberarme fest, um mich zu stabilisieren und trat dann zurück.

„Wie ich bereits sagte, was macht ihr hier?" Ich sah vom einen zum anderen, beide unversehrt und eindeutig gesund. Sie sahen so gut und verwegen aus wie eh und je und ich hasste sie dafür. Ich wollte *sie* hassen, aber mein verräterischer Körper erinnerte sich daran, was wir gemeinsam getan hatten und wollte mehr.

„Unsere Frau für uns beanspruchen", sagte Lane mit ernstem Blick.

Es gab keinen besseren Zeitpunkt als diesen, um ihnen die Wahrheit zu erzählen, denn ich konnte sie als Waffe benutzen. „Ich wollte es euch an dem Tag erzählen, als die Tates kamen, aber ich habe meine Meinung geändert. Jetzt denke ich, dass es gut so war." Ich holte tief Luft, stieß sie aus. „Ich bin nicht wirklich eure Frau."

Spur stellte sich direkt neben Lane. „Das wissen wir."

Mein Mund klappte auf. „Was...was meinst du damit, das wisst ihr?"

„Sie meinen, sie wissen, dass du nicht mit ihnen verheiratet bist."

Ich wirbelte herum, um herauszufinden, wer gesprochen hatte, wobei sich meine Röcke an meinen Beinen verhedderten.

„Oh, Scheiße", murmelte ich. „Knox. Jed. Was zur Hölle macht ihr hier?"

Meine Brüder sahen wütend aus. Knox hatte die Arme vor der Brust verschränkt, Jed die Hände in die Hüften gestemmt.

„Dich finden", antwortete Jed.

„Du hast schon immer gern geflucht", fügte Knox hinzu.

„Ich habe von den Besten gelernt", entgegnete ich eine Spur verbittert.

„Guter Schuss übrigens", merkte Jed an und neigte seinen Kopf, um auf das Innere des Saloons zu deuten. Auch wenn ich ihn nicht gesehen hatte, musste er beobachtet haben, was passiert war.

„Und wieder, ich habe von den Besten gelernt."

Ich hatte keine Ahnung, was ich sonst noch sagen sollte und die Stille war unangenehm.

„Es scheint, als müssten einige Dinge aufgeklärt werden", sagte Spur. Ich drehte mich um und stellte mich so hin, dass ich alle vier Männer auf einmal anschauen konnte.

„Jetzt ist doch alles geklärt", antwortete ich. „Ihr habt eure Geliebte und ich bin nicht eure Frau. Ich denke, das macht das Ganze einfacher. Wirklich. Geht zu Lil. Habt Spaß. Ich werde meinen eigenen Weg gehen."

„Du warst mit zwei Männern zusammen, Piper." Jed sah

Lane und Spur aus schmalen Augen an, aber kam nicht näher. Er sah aus, als wäre er bereit, sie zu verprügeln. Hatte Lane so sein blaues Auge erhalten? „Das bedeutet, dass du sie heiratest."

Ich spürte, wie meine Augen groß wurden. „Was? Sie wollen mich nicht! Sie wollen eine Hure namens Lil. Lane hat es nicht mal einen Tag ausgehalten, bevor er zu ihr gegangen ist. So…so eine Ehe kann ich nicht führen. Glücklicherweise muss ich das auch nicht."

„Oh, doch, das musst du", entgegnete Knox und deutete auf mich.

„Dir ist es egal, dass meine Männer fremdgehen?" Ich schüttelte den Kopf und sah auf den Boden. Ich nahm mir einen Moment, um die Tränen wegzublinzeln. Anscheinend kannte ich meine Brüder doch nicht so gut, wie ich gedacht hatte. „Unglaublich. Ich dachte…ich dachte, ihr wollt mehr für mich."

„Das will ich." Knox sah zu Jed. Seufzte. „Das wollen wir. Aber du bist so stur. Fuck, Piper", fluchte Knox, wobei er meinen Namen in die Länge zog, „du wirst Spur und Lane zuhören oder ich werd dich übers Knie legen."

„Nein, wirst du nicht", schnappte Lane. „Das ist unsere Aufgabe."

„Eure – "

„Ich habe dir doch gesagt, Schatz, keine Saloons mehr. Kein Kartenspielen mehr und dennoch finde ich dich… wieder in einem Saloon, wo du auf Leute schießt."

Ich lief zu ihm und stach ihm den Finger in die Brust. „Ihr zwei wart tot und habt mich mittellos und ohne eine Möglichkeit, für mich zu sorgen, zurückgelassen. So verdiene ich mein Geld!" Ich hob mein Handgelenk und ließ die Münzen in meinem Täschchen zur Erinnerung klingeln.

Seine Augenbrauen trafen sich in der Mitte. „Dich mittellos zurückgelassen?"

*Eine verwegene Frau*

„Ihr habt behauptet, dass mich eine Ehe mit zwei Männern beschützen würde, dass ich mir nie wieder Sorgen machen müsste. Nun, ich habe mir Sorgen gemacht."

„Rolon Jennings hätte auf dich zukommen sollen. Er ist der Bankier der Stadt. Wenn mir *wirklich* etwas passiert wäre, hättest du jegliches Geld bekommen. Die Mine ebenfalls. Wenn er nicht zu dir gekommen ist, werde ich – "

Ich dachte zurück an die lange Reihe Männer, die mich angehalten hatten, um sich mit mir zu unterhalten. Oder mir einen Antrag zu machen.

„Ich…ich denke, das hat er. Ich muss zugeben, mich haben in der vergangenen Woche so viele Männer angesprochen. Allein drei Heiratsanträge und danach begann ich, sie alle wegzuschicken, ohne mir überhaupt anzuhören, was sie zu sagen hatten."

Lane fuhr sich mit der Hand über seinen Nacken. „Drei Heiratsanträge?"

„Ihr wart tot!", schrie ich. „Es lief sogar eine Wette, wie lange ich durchhalten würde."

„Okay", unterbrach mich Spur und legte eine Hand auf Lanes Arm. „Ja, wir haben von unserem angeblichen Tod gehört. Luke und Walker waren genauso verblüfft wie du. Wir sind nicht tot, also lasst uns weitermachen."

„Weitermachen? *Weitermachen?*"

„Piper!", schrie Jed. „Halt den Schnabel und hör Lane zu."

„Auf keinen Fall. Er…er ist – " Mir fiel kein Wort ein, um ihn zu beschreiben.

„Dann hör eben mir zu", sagte Spur.

Lane schüttelte den Kopf. „Nein. Ich habe dieses Durcheinander angerichtet. Ich werde es in Ordnung bringen." Er sah zu meinen Brüdern. „Aber ich werde es nicht tun, so lange ihr zwei neben uns steht. Jetzt verschwindet verdammt nochmal."

Jed hielt bei Lanes Knurren seine Hände vor sich hoch

und sie traten beide einen Schritt zurück, dann einen weiteren. „Wir werden nicht weit gehen, bis die Eheschwüre ausgetauscht wurden."

Lane murmelte irgendetwas wie Mistkerle und verdammte Arschlöcher vor sich hin.

„Ich will es nicht hören", verkündete ich, als er sich mir zuwandte.

„Du wirst zuhören, Piper Drews oder ich werde dich hier und jetzt über mein Knie legen." Die Drohung war zwar echt, aber sein Tonfall war nicht ganz so streng wie der, mit dem er meine Brüder bedacht hatte.

## 14

iper

ICH PRESSTE MEINE LIPPEN ZUSAMMEN UND VERSCHRÄNKTE DIE Arme vor der Brust.

„Lil ist die Frau, die Spur und mich aufgenommen hat, als unsere Mütter starben. Sie war eine Hure, genauso wie unsere Mütter. Sie wohnt in Jasper, weil sie krank ist. Krebs. Ich habe sie von Denver hierher verlegt, damit sie in meiner Nähe sein konnte. Sie wollte im Frightful Fawn wohnen, weil ihre langjährige Freundin, Rachel, die Bordellbesitzerin ist."

Meine Arme fielen zu meinen Seiten. „Lil ist…"

„Wie eine Mutter für uns beide", ergänzte Spur. „Sie ist krank und Lane hat sie besucht. Er hat mich in Chicago kontaktiert und ich bin zurückgezogen, damit ich bei ihrer Behandlung helfen konnte."

„Aber Krebs?", fragte ich.

Lane nickte. „Sie stirbt. Als die Tates im Haus waren, bin ich zur Mine gegangen, aber habe dann noch Lil besucht und ihr von dir erzählt. Das war das Gespräch, das du überhört hast."

„Mir ist ihre Vergangenheit egal. Wenn ihr sie so sehr mögt, bin ich mir sicher, dass sie wundervoll ist." Ich hielt inne, biss auf meine Lippe. „Aber...warum habt ihr mir das nicht erzählt?"

Lanes Körper versteifte sich, als ob ihm die Worte, die nun folgen würden, schwer fielen. „Weil ich nicht wollte, dass du über meine Vergangenheit Bescheid weist. Ich bin der Sohn einer Hure. Nicht nur einer Hure, sondern einer niederträchtigen Schlampe. Sie...sie war keine gute Mutter."

Das war der Grund, warum er Lil vor jedem geheim hielt, selbst seinen engsten Freunden? Ich spürte, dass seine Mutter mehr gewesen war als eine *niederträchtige Schlampe*, denn Lane wirkte dem Auf und Ab des Lebens gegenüber so abgestumpft, dass er sich von den meisten Dingen nicht beeinflussen ließ. Aber dies, dies hatte ihn tief getroffen, so schrecklich tief und er würde nichts darüber erzählen. Nicht jetzt vor Jed und Knox, vielleicht niemals. Und das verriet mir mehr als die gesamte Wahrheit. Aber er hatte mir Dinge erzählt, Dinge, die alles in ein anderes Licht rückten. Dennoch...

„Die Tates denken alle, dass ihr eine Geliebte habt."

„Das tun sie" gestand Lane. „Denn ich habe Lil im Bordell besucht und sie sind davon ausgegangen, dass ich für...nun ja, für *Gesellschaft* dorthin gegangen bin."

Ich schnaubte. Gesellschaft.

„Ich habe es ihnen nicht erklärt, weil ich nicht wollte, dass sie die Wahrheit kennen, genauso wie bei dir." Er streckte seine Hand aus, um mit seinen Fingerknöcheln über meine Wange zu streichln. Ich wollte der einfachen, zärtlichen Geste nicht nachgeben, aber ich konnte nicht widerstehen. „Wie ich es Spur versprochen habe, habe ich dir jetzt die Wahrheit über Lil erzählt, aber ich werde nichts über mein Leben vor ihr verraten. Meine Kindheit. Es tut mir leid, dass ich dich aufgeregt habe, dass ich dich dazu gebracht habe, das Schlimmste zu denken. Ich habe mich selbst beschützt, wo ich doch eigentlich dich hätte beschützen sollen."

Lanes helle Augen begegneten meinen. Hielten sie. Ich sah die Wahrheit in ihnen, die Ehrlichkeit, die Enttäuschung über sich selbst und welches Elend auch immer er als Kind hatte ertragen müssen.

„Jetzt bist du dran mit den Erklärungen, Schatz."

Ich hörte den Kosenamen sehr gern, wenn er nicht vor Sarkasmus troff oder ausgesprochen wurde, wenn ich ihn erschießen wollte. Dadurch fühlte ich mich…gewollt.

Da stürmten meine Brüder herbei, wobei sie Lane und Spur einen Blick zuwarfen, der sagte, dass sie sich nicht wieder verscheuchen lassen würden. „Das wollen wir auch hören. *Patricia Strong.*"

Der sanfte Moment, den Lanes Entschuldigung geschaffen hatte, verschwand, als wäre er nie geschehen. Ich drehte mich zu meinen Brüdern um – so langsam hatte ich wirklich genug davon, mich mit zwei Paar Männern rumzuschlagen – und bedachte sie mit meinem bösesten Blick. „Wenn ich ein Mann wäre, würdet ihr mir für meine Genialität und Cleverness und die Tatsache, dass ich mich so lange vor euch verstecken konnte, auf den Rücken klopfen."

„Wenn du ein Mann wärst, wären wir nicht mit dir verheiratet", konterte Lane. „Sprich."

Ja, so viel zu sanft.

Ich schürzte meine Lippen und sah zu meinen Brüdern. Hier ging es nicht um Lane und Spur, auch wenn sie diejenigen waren, die von meiner Täuschung betroffen waren. Ich war sehr glücklich, Jed und Knox wiederzusehen, da ich sie vermisst hatte und auch den Rest meiner Brüder. Aber es war an der Zeit, ihnen die Stirn zu bieten.

„Ihr – ihr fünf – seid erdrückend. Ihr wollt, dass ich heirate, eine Familie gründe, aber dann lasst ihr keinen Mann in meine Nähe. Ihr habt auf Albert Dinker geschossen."

„Er war ein kleines Aas", entgegnete Knox mit einem Schnauben.

„Auf Leute zu schießen, scheint in der Familie zu liegen", murmelte Lane, aber wir ignorierten ihn.

„Es lag nicht an euch, das zu entscheiden", erklärte ich Jed und Knox. „Ihr kennt mich sehr gut. Ich bin in der Lage, den Charakter eines Mannes selbst einzuschätzen." Ich seufzte. „Ich hatte genug. Ich habe das Geld genommen, das ich gespart hatte und mir einen Fahrschein für die Postkutsche Richtung Westen gekauft. In der Kutsche befand sich auch eine Frau namens Patricia Strong." Ich blickte über meine Schulter. „Eure Versandbraut. Sie war ganz aufgeregt, euch kennenzulernen. Eure Frau zu werden."

„Was hast du gemacht, ihr eins auf die Nase gegeben, damit du ihren Platz einnehmen konntest?", machte sich Jed über mich lustig. „Sie ins Ohr geschossen?"

Ich sah ihn aus schmalen Augen an. „Nein. Sie ist gestorben. Sie ist in der Kutsche eingeschlafen und einfach nicht mehr aufgewacht."

„Gestorben?", wiederholte Knox, während seine roten Augenbrauen unter den Haaren auf seiner Stirn verschwanden.

„Gestorben?", echote Lane.

Ich sah hinab auf das abgenützte Holz des Gehweges. „Ich weiß nicht wie oder warum, aber sie war einfach tot."

„Vielleicht ein Aneurysma", merkte Spur an. Ja, der Doktor wüsste es wahrscheinlich. „Ein schwaches Herz."

„Der Kutscher war genauso verblüfft wie ich, aber auf ihn ist wenigstens kein toter Körper gefallen, als er über ein großes Schlagloch gefahren ist", fügte ich hinzu, als mir wieder einfiel, dass ich nicht der einzige Zeuge ihres Ablebens war.

„Er hat sie zur nächsten Haltestelle gefahren, damit sie beerdigt werden konnte und ich habe den Mann überzeugt, mich nach Pueblo zu bringen."

„Wie überzeugt?", fragte Spur schwach, als wäre er sich nicht sicher, ob er die Antwort wirklich wissen wollte.

Ich zuckte einfach nur mit den Schultern, weil ich ihm nicht erzählen wollte, dass meine Pistole involviert gewesen war. Wieder. Mich an Lane und Spur wendend, fuhr ich fort: „Es tut mir leid, dass eure Frau gestorben ist. Sie war sehr nett. Sehr hübsch. Das komplette Gegenteil von mir, weshalb ich denke, dass ihr glücklich mit ihr geworden wärt."

„Wir scheinen aber einen wilden, frechen, ungestümen Rotschopf zu mögen", murmelte Spur, wobei sein Blick über mein Gesicht, Lippen und Körper glitt.

„Also hast du ihren Platz eingenommen", riet Lane, der offensichtlich nicht die Richtung des Gesprächs ändern wollte.

Ich nickte. „Ich wusste, die zwei würden mir folgen." Ich deutete mit meinem Daumen über meine Schulter und schürzte die Lippen. „Als ich herausfand, dass sie...tot war, hätte ich eigentlich beim nächsten Stopp die Kutsche verlassen müssen. Ich hatte nur noch wenige Münzen übrig und wusste, dass mich meine Brüder finden würden. Eine Versagerin."

Eine Hand auf meiner Schulter wirbelte mich herum. Knox beugte sich an der Taille nach vorne, um mir in die Augen zu schauen.

„Eine Versagerin? Zur Hölle, Piper, du bist keine Versagerin."

„Was hättet ihr getan, wenn ihr mich in dem winzigen Örtchen Lamar, Colorado gefunden hättet? Ohne Geld, ohne einen Platz zum Wohnen."

„Dich nach Hause gebracht", antwortete er ohne zu zögern.

„Und dann was?", fragte ich. „Mich noch mehr im Auge behalten, damit ich nicht wieder so etwas Ungestümes tue? Wie ich bereits sagte, ein Mann könnte selbst losziehen, also warum nicht auch ich?"

„Die Gelegenheit, eine Versandbraut zu werden, ist dir buchstäblich in den Schoß gefallen", stellte Spur fest.

Ich sah zu ihm, nickte. „Ich wollte nicht, dass Patricia starb. Ich mochte sie, zumindest während der wenigen Tage, die ich sie gekannt habe. Aber es war meine Chance, die Kontrolle über mein Leben zu gewinnen, genauso wie sie es getan hatte. Ich wusste zwar nicht, wen ich heiraten würde, aber Patricia war es nicht anders ergangen. Eine Versandbraut zu werden, ist die Entscheidung einer Frau für Veränderung und ich habe sie ergriffen. Seht ihr, wie weit ich es allein geschafft habe?"

Knox packte mich und zog mich in eine Umarmung. „Das hast du gut gemacht, Schwesterchen. Ich bin stolz auf dich."

Eine Mischung aus Erleichterung und Traurigkeit überflutete mich. „Das bist du?"

Seine große Hand tätschelte meinen Rücken. „Du hast die Gelegenheiten, die sich dir geboten haben, beim Schopf gepackt. Ich bin froh, dass du deine Pistole dabei hattest. Du hast einen kühlen Kopf bewahrt und als diese Mistkerle es vergeigt haben, hast du auch dein Herz behalten."

„Verdammt richtig", bekräftigte Jed.

„Aber jetzt, da Lane alles erklärt hat und du uns erzählt hast, warum du den Platz einer anderen Person eingenommen hast, musst du dich den Konsequenzen deiner Handlungen stellen", sagte Knox.

Ich drückte mich aus seinen Armen. „Ich gehe nicht mit euch zurück nach Wichita."

*Eine verwegene Frau*

Knox und Jed schüttelten beide ihre Köpfe. „Nein. Du wirst sie heiraten. Dieses Mal vor Zeugen. Uns und Gott."

Jed deutete auf die Kirche, die hinter dem Gehweg lag. In meiner Wut – und weil ich kopfüber gebaumelt war – hatte ich zuvor nicht bemerkt, wo mich Lane hingebracht hatte.

Ich wandte mich wieder zu Lane und Spur.

„Ihr wollt mich immer noch?"

Beide Männer nickten.

„Wir wollen dich seit der Sekunde, in der du in Pueblo ein Loch in den Hut des Mannes geschossen hast. Wir wussten von Anfang an, auf was wir uns einließen. Wir wussten nur nicht auf *wen*. Aber wir werden dich nicht noch einmal anfassen, bis das in Ordnung gebracht wurde und du rechtlich uns gehörst." Lane streckte seine Hand aus, um eine Locke hinter mein Ohr zu streichen. Dann bemerkte er, dass er seine Worte gerade Lügen strafte und ließ seine Hand sinken. „Du willst unsere Berührungen, oder, Schatz?"

„Das ist meine Schwester, Haskins", warnte Jed.

Lane blickte unverwandt auf mich, aber schnappte an meinen Bruder gewandt: „Ja? Sie ist meine Frau. Wenn du nicht wissen willst, wie sehr ich sie mit meinem Schwanz füllen möchte, dann wartest du besser mit dem Pfarrer in der Kirche."

Ich errötete heftig. Es war eine Sache, dass meine Brüder *wussten*, dass ich mit Spur und Lane zusammen gewesen war, eine ganz andere, so offen darüber zu reden.

„Woher sollen wir wissen, dass du sie nicht über deine Schulter wirfst und davonträgst?"

Lane verdrehte die Augen, aber Spur antwortete.

„Stellt unsere Ehre nicht infrage." Seine Stimme war so scharf, wie ich sie noch nie zuvor gehört hatte, seine Augen verzogen sich zu Schlitzen und seine Hände ballten sich zu Fäusten. „Wir haben das auf dem Ritt von Jasper hierher wieder und wieder durchgekaut. Was wir mit Piper getan haben, fand – wie wir dachten – unter dem Schutz einer Ehe statt. Wir werden sie nicht mehr anfassen, bis sie rechtlich die Unsere ist. Aber auch wenn es euch nicht interessiert, ob sie vor den Altar geschleift wird, so interessiert es uns. Sie mag zwar beim ersten Mal eine Versandbraut gewesen sein, verheiratet, ohne ihren Bräutigam zu kennen. Dieses Mal ist es anders. Alles ist anders. Außer unseren Gefühlen für Piper. Wie wir sie behandeln. Dass wir sie respektieren." Er lief zu Jed, stellte sich direkt vor ihn. Wenn sich einer von beiden nach vorne beugen würde, würden sie sich küssen. „Und jetzt verpisst euch."

Ich hörte meine Brüder grummeln, während sie den Weg zur Kirche hochliefen.

Spur wandte sich mir zu und die harten Konturen seines Gesichtes wurden sofort weicher. „Du wirst uns heiraten, Piper."

„Jetzt", fügte Lane hinzu.

Ich war überwältigt von der Tatsache, dass Lane und Spur lebten, von allem, was Lane erzählt hatte, meinen Brüdern. Allem. Und jetzt wollten sie mich heiraten.

„Es sind zwei Wochen vergangen. Zwei Wochen, bis ihr zu mir gekommen seid, während ich gedacht habe, dass ihr tot wärt."

„Wir wussten nicht, dass du das dachtest. Wir sind zum Haus der Tates gegangen, um dich zu holen und sie waren genauso verblüfft wie du, uns zu sehen."

Ich spürte, wie sich meine Stirn runzelte. „Warum habt ihr dann so lang gebraucht?"

Spur gluckste. „Du meinst, was unsere Entschuldigung für die Verzögerung ist, da wir offensichtlich nicht tot waren?"

Ich nickte.

Lane rieb sich mit der Hand über den Nacken. „Ich habe herausgefunden, dass die Einstürze durch Sabotage herbeigeführt wurden und wir erlitten einige Rückschläge. Ich musste nach Denver gehen und den neuen Besitzer verhaften lassen. Dann musste ich mich darum kümmern, dass ein *neuer* Besitzer seinen Platz einnahm, damit ich hierherkommen und mit dir leben kann."

Das wirkte unglaubwürdig, aber ich wusste, dass es wahr war.

„Ihr müssst in keine Minen mehr gehen?"

Beide Männer schüttelten ihre Köpfe.

„Ihr müsst nicht mehr zurück nach Jasper gehen?"

„Wir werden gemeinsam zurückgehen, damit du Lil kennenlernen kannst. Aber zuerst heiraten wir."

Als Lane dieses Mal darauf bestand, lächelte ich. Ich wollte sie heiraten. Dieses Mal aus freien Stücken, nicht aufgrund von Zufall. Oder Glück.

„Keine anderen Frauen?", fragte ich, da ich mir absolut sicher sein wollte.

„Du bist genug Frau für uns beide", antwortete Spur und zupfte an einer Locke roten Haares.

„Piper", warnte Lane. „Kirche. Jetzt."

Mein Lächeln wurde breiter. Diese Männer gehörten mir. Keine Frau stand zwischen uns. Auch keine Brüder. Wir mussten nur noch unsere Eheversprechen austauschen und es gab kein Zurück mehr. Das wollte ich auch gar nicht. Ich wollte sie, wie es schien, genauso sehr wie sie mich wollten.

„Du bist sehr erpicht darauf."

Lane trat direkt vor mich und beugte sich zu mir, sodass sein Atem über meinen Hals strich. „Ich weiß, wie es sich anfühlt, wenn du auf meinem Schwanz kommst. Kenne die Laute, die du machst, das Wimmern in deiner Kehle, die Art und Weise, wie du meinen Namen schreist. Ich habe zwei Wochen lang davon geträumt. Aber ich werde dich nicht einmal küssen, bis du einen Ring an deinem Finger hast.

Dann…nun, dann wirst du dich selbst davon überzeugen können, wie erpicht ich bin."

Oh, meine Güte. Meine Nippel wurden allein bei seinen groben Worten hart. Meine inneren Wände zogen sich voller Vorfreude zusammen.

Ich befeuchtete meine plötzlich trockenen Lippen. „In Ordnung. Ja."

## 15

ane

Als ich einer Ehe mit einer Versandbraut zugestimmt hatte, war das mit einigen Opfern verbunden gewesen. Wir kannten die Frau nicht, wussten nichts über ihren Charakter, ihr Alter, ihr Temperament. Würde es ihr gefallen – oder viel wichtiger, käme sie damit zurecht – in Slate Springs zu wohnen, das aufgrund der harten Winter die Hälfte des Jahres von der Außenwelt abgeschnitten war? Sie wäre die Frau, mit der wir für den Rest unseres Lebens schlafen würden. Würden wir sie attraktiv finden und sie uns im Gegenzug auch? Ich war ein potenter Mann und konnte mir nicht vorstellen, meinen sexuellen Appetit zu zügeln. Aber das größte Opfer war für mich die Bestätigung gewesen, dass sie wahrhaftig die Meine war. Meine und Spurs. Die Stellvertretereheurkunde, die bezeugte, dass sie mit Spur verheiratet war, war ja schön und gut, aber es war nur ein

Blatt Papier. Keine Zeremonie, die dafür sorgte, dass wir uns auch verheiratet *fühlten*.

Auch wenn ich nicht der gottesfürchtigste Mann war, wollte ich wissen, *fühlen*, dass meine Frau wirklich die Meine war. Selbst ein Friedensrichter hätte dieses Problem für mich lösen können. Dass unsere Braut in Slate Springs, wo es legal war, zwischen uns stand und wir sie heirateten. Das war mit Piper nicht geschehen und vielleicht war das der Grund für all unsere bisherigen Probleme. Niemand hatte sich richtig verheiratet gefühlt.

Bis jetzt. Jetzt würde mein Wunsch in Erfüllung gehen. Ich würde neben einer Frau stehen, die ich kannte. Einer Frau, deren Temperament zu meinem passte und die ganz bestimmt mit einem Leben in Slate Springs zurechtkommen würde. Sie war absolut begehrenswert und mit ihr für den Rest meiner Tage zu schlafen, wäre ein Privileg. Und sie stand zwischen Spur und mir vor dem Pfarrer der Stadt und gab ihr Versprechen. Genauso wie wir beide. Nicht nur Spur und dann ich als zweiter Ehemann nach dem Stadtgesetz. Nein, ich verkündete meine Versprechen ebenfalls vor Piper.

Es gab keinerlei Zweifel mehr, für sie, mich oder uns, dass sie wahrhaftig zu uns gehörte und wir zu ihr.

Und ihre verdammten Brüder, die das Vorgehen mit Argusaugen verfolgten, wussten es ebenfalls und konnten endlich ihre Nasen aus unseren Angelegenheiten nehmen.

Falls der Pfarrer irgendwelche Einwände dagegen hatte, dass Spur und ich beide Piper küssten, um die Versprechen zu besiegeln, so teilte er sie uns nicht mit. Tatsächlich lächelte er sogar zufrieden über die Vereinigung. Vielleicht war das der Fall, weil er von Pipers Taten während der vergangenen zwei Wochen gehört hatte, da sie bestimmt für mehr Durcheinander gesorgt hatte, als das, was wir im Saloon beobachtet hatten, und weil er daher wollte, dass sie sich in der Kontrolle eines Mannes befand.

*Eine verwegene Frau*

Wie schlecht er unsere Braut doch kannte.

Sobald wir sie für uns hatten, ohne geschwisterliche Anstandswauwauchen, würden wir auch mehr über sie erfahren. Beispielsweise, ob sie hinter ihren Knien kitzlig war, ihren Geschmack. Spur hatte bereits ihre Pussy geleckt, ich hingegen nicht. Die eine Nacht war nicht genug gewesen. Ich sehnte mich danach, ihren Geschmack auf meiner Zunge zu haben, jedes bisschen ihrer Erregung hinab zu schlucken, während sie auf meinem Gesicht kam.

„Zeit zu gehen, Schatz."

Ich bedankte mich bei dem Pfarrer, indem ich ihm die Hand schüttelte. Anschließend führte ich sie durch den Kirchengang und die Eingangstüren, ohne darauf zu warten, ob uns irgendjemand folgte. Ich hätte sie auch wieder über meine Schulter geworfen, aber ich wollte, dass sie sich nach mir verzehrte und nicht wütend auf mich war, wenn wir uns erst einmal in Spurs Schlafzimmer befanden und ich sie auszog.

„Gentlemen, hier verabschieden wir uns nun voneinander", sagte Spur zu den Dare Brüdern, während er ihnen die Hände schüttelte.

„Ihr geht?", fragte Piper.

Jet setzte seinen Hut wieder auf den Kopf. „Wir gehen nicht, wir lassen euch *allein*. Keine Sorge, wir bleiben noch eine Weile in Slate Springs."

Er sah bedeutsam zu Spur, dann zu mir, eine stumme Warnung. Wenn wir irgendetwas taten, das Piper störte, wären sie sogleich vor Ort, um mir ein zweites Veilchen zu verpassen.

„Gut", sagte Piper lächelnd. „Dann werde ich euch morgen sehen."

„Übermorgen", entgegnete ich und sah Jed und Knox aus schmalen Augen an, forderte sie stumm heraus, dagegen aufzubegehren. Sie hatten bekommen, was sie gewollt hatten, jetzt mussten sie uns allein lassen, damit wir ihre Schwester gut und hart ficken konnten. Das einzige Mal, als wir Piper nicht widerspenstig erlebt hatten oder sie den Wunsch verspürt hatte, jemanden zu erschießen, war gewesen, nachdem sie mehrere Male gekommen war. Vielleicht hatte sie die ganze Zeit über lediglich guten Sex gebraucht und diese Theorie würde ich mehr als gerne überprüfen.

Sie schaute zu mir, ihre Stirn war verwirrt in Falten gelegt.

„Zwei Ehemänner, zwei Tage, Schatz", erklärte ich.

Als ihre Brüder stöhnten, bückte ich mich und warf sie wieder einmal über meine Schulter. Scheiß drauf. Ich hatte lang genug gewartet. Es war Zeit, sie zu der Unseren zu machen. Vollständig. Absolut. Unwiderruflich.

---

Spur

Lane trug Piper den ganzen Weg zu meinem Haus und die Treppe hoch. Auch wenn es eine kleine Stadt war, wohnte ich mehrere Blöcke entfernt von der Kirche und wir würden zweifellos schon bald Stadtgespräch Nummer eins sein, vor allem so wie sie sich aufführte. Wenn uns auch noch jeder in der Stadt für tot gehalten hatte, dann würde das Gerede von mehr handeln als davon, dass wir unsere Braut wie einen Getreidesack durch die Gegend schleppten. Todesnachrichten gab es hier häufig, insbesondere in so einer abgeschiedenen und unwirtlichen Gegend. Es war selten, wenn nicht sogar noch nie dagewesen, dass jemand von den Toten auferwachte.

Pipers knackigen Hintern zu sehen, der sich unter ihrem Kleid spannte, während er auf Lanes Schulter schaukelte,

*Eine verwegene Frau*

ließ mich alles andere als tot fühlen. Tatsächlich pumpte mein Blut rauschend durch meine Adern und meinen Schwanz. Da ihre Brüder bei uns gewesen waren, hatte ich meinen Ständer während unserer Diskussion mit Piper, so gut ich konnte, in Zaum gehalten. Ich wollte ihnen nicht zeigen, wie sehr ich es liebte, sie völlig außer sich zu sehen. Sie war nicht heimtückisch oder höflich, wenn sie wütend war und wenn ihre Wut auf Lane und mich gerichtet war, dann wollte ich sie einfach nur küssen und ihren Zorn wegficken.

Eine kleine Erklärung hatte allerdings auch nicht geschadet, um ihren Zorn zu verringern. Glücklicherweise hatte Lane ihr *endlich* von Lil erzählt und ihre eine Zwei-Satz-Erklärung zu seiner Kindheit, bevor seine Mutter gestorben war, gegeben. Piper hatte sich nicht an dem Stigma seiner Vergangenheit, an Lils Beruf, an irgendetwas davon gestört. Es war *leicht* für ihn gewesen, ihr die Wahrheit zu erzählen. Warum er sich Sorgen gemacht hatte, wusste ich nicht, denn Piper war keine von diesen zugeknöpften alten Schabracken, die allein bei dem Wort Nippel oder Pussy in Ohnmacht fallen würden, ganz zu schweigen, wenn sie von unserem Hintergrund in einem Bordell erfuhren.

„Es gefällt mir, deine Sachen in meinem Schlafzimmer zu sehen." Ich hob einen Strumpf hoch, der mit seinem Gegenstück von der Bettseite baumelte. Er war zart und feminin und erinnerte mich an unsere körperlichen Unterschiede.

Lane stellte Piper ab und sie umklammerte haltsuchend das Fußende aus Messing, dann sah sie sich die Unordnung im Zimmer an. Außer ihren Strümpfen war noch ein Kleid über den Stuhl geworfen worden, eine Bürste und Haarbänder lagen auf der Kommode. Das Bett war ungemacht und obwohl ich normalerweise penibel auf Ordnung achtete, erregte es mich, ihren Kopfabdruck auf meinem Kissen zu sehen und die zerwühlten Decken, wo sie geschlafen hatte.

Zur Hölle, alles war erregend.

Sie hatte gedacht, dass wir sie nicht genug begehrten, dass wir unsere Lust bei einer anderen Hure befriedigen müssten und dann waren wir tot gewesen. Ich konnte mir das emotionale Durcheinander, das sie in den letzten zwei Wochen durchlebt hatte, nur ausmalen. Wie sollte sie einem anderen Mann vertrauen können, wenn wir uns so verhalten hatten, nachdem wir sie erst einen Tag gekannt hatten?

Vielleicht erhielten wir eine zweite Chance. Eine zweite Chance für uns alle, einander zu vertrauen. Eine zweite Chance, ihr zu zeigen, dass unsere Schwänze nur für sie bestimmt waren. Dass wir immer für sie hart sein würden, sie brauchen, sie wollen würden.

Genug. Es war an der Zeit, unsere Braut wieder…zum ersten Mal zu erobern.

„Wir müssen wissen, was du denkst, Schatz. Ob du verärgert bist. Wütend. Glücklich. Traurig. Was auch immer. Erzähl es uns."

Sie sah mit rot geränderten Augen zu Lane hoch. „Nervös."

Ich setzte mich auf die Seite des Bettes, wobei ich immer noch ihre Strümpfe in der Hand hielt.

„Hast du Angst vor uns?", fragte ich. Das hatte sie noch nie zuvor gehabt.

„Nein. Keine Angst. Ich mache mir Sorgen." Sie blickte auf den Holzboden, dann zu mir. „Ich weiß jetzt, dass es nie eine andere gegeben hat. Ich glaube euch, aber ich habe die letzten zwei Wochen in dem Glauben an das Gegenteil verbracht und ich mache mir Sorgen, dass ich nicht mithalten kann."

„Mit einer imaginären Frau?"

Sie nickte.

„Der einzige Weg, damit du uns glaubst, dass du die Einzige bist, die wir wollen, ist, es dir zu beweisen." Lane trat zurück, lehnte sich gegen die Wand und verschränkte seine Knöchel. Aus der Ferne und mit dieser lockeren Haltung wirkte er nicht so einschüchternd.

„Du warst an jenem Morgen in der Küche, als wir so grausam unterbrochen wurden, nicht nervös", erinnerte ich sie und blickte finster drein. Meine Eier schmerzten seit diesem Moment.

Lane lachte. „Ich habe die Tates noch nie mehr gehasst als in diesem Moment."

„Aber sie sind so nett. Sie waren während der vergangenen zwei Wochen so freundlich zu mir", widersprach sie.

„Dann werden wir ihnen als Dankeschön einen Präsentkorb vorbeibringen, aber an jenem Tag hattest du *mein* Hemd an und wenn ich mich richtig erinnere, hast du es über deine Hüften gehoben", sagte Lane, während er auf ihre Mitte deutete.

„Ja, du hast dich gegen das Waschbecken gelehnt", fügte ich hinzu, „und uns deine Pussy gezeigt."

Ihre Wangen erröteten so hübsch.

„Lass den Rock fallen, Piper, und lass uns da weitermachen, wo wir aufgehört haben."

Sie biss auf ihre Lippe und schüttelte langsam ihren Kopf.

Mein Magen fiel, da ich befürchtete, dass sie uns ablehnte, dass sie unsere Aufmerksamkeiten nicht wollte.

„Ich will zuerst sehen, wie hart ihr für mich seid", entgegnete sie.

Ich sah zu Lane hoch, dann zurück zu Piper. „Du bist ein kleines Luder."

Sie grinste zur Antwort und ich konnte sehen, dass sie genau wusste, wie viel Macht sie über uns hatte. Wir mochten zwar zwei dominante Männer sein, aber sie war diejenige, die uns beherrschte. Sie lenkte uns definitiv mit unseren Schwänzen und sie fand das gerade heraus.

„Später, wenn ich dich nicht mehr so unfassbar stark will, wirst du dafür Hiebe auf deinen Hintern ernten. Und dafür, dass du in einem verdammten Saloon warst." Ich hielt inne und ließ die Worte wirken. Ich sah Hitze in ihren Augen aufblitzen, ihre Wangen färbten sich rosig. Oh, ja, ihr gefiel die Idee. Daraufhin öffnete ich meine Hose, zog meinen Schwanz raus und begann ihn zu streicheln. „Du willst sehen, wie hart wir sind? Damit du weißt, dass du uns mit den Rundungen deiner Brüste gereizt hast? Deinem Hüftschwung? Deiner vollen Unterlippe? Ich erinnere mich an deinen Geschmack und ich will ihn wieder."

Lane schnaubte und blickte düster drein. „*Du* hast schon von ihr gekostet. Ich musste mir während der drei Tage, die wir in dieser verdammten Mine eingeschlossen waren, anhören, dass sie wie Honig schmeckt, dass dir allein bei dem Gedanken an ihren Geschmack das Wasser im Mund zusammenläuft. Jetzt bin verdammt nochmal ich an der Reihe."

„Ihr wart drei Tage lang in der Mine eingeschlossen?", fragte Piper mit vor Überraschung geweiteten Augen.

„Wechsel nicht das Thema", warnte Lane. Mit geschickten Fingern zog Lane seinen Schwanz raus und umfasste die Wurzel. Piper würde an seinem Begehren nicht zweifeln müssen. „Da, siehst du, wie sehr ich dich will?" Er ließ sie nicht einmal nicken, bevor er fortfuhr: „Jetzt lass den Rock fallen, pack das Fußende und zeig mir deine Pussy. Ich werde mich hinter dich knien und meinen Mund auf dich legen. Deine Pussy lecken und saugen, bis du kommst."

Pipers Atem kam jetzt schneller, während sie den einzelnen Knopf an der Seite ihres dunklen Rockes öffnete und das Kleidungsstück nach unten über ihre Hüften schob, sodass es um ihre Füße fiel. Ich konnte ihren Puls an ihrem

*Eine verwegene Frau*

Hals rasen sehen, die Farbe in ihren Wangen – die weder von Nervosität noch Scham herrührte. Es schien ihr zu gefallen, wenn Lane versaute Dinge sagte und ich wollte das bestätigt wissen.

„Gefällt es dir, wenn Lane dir sagt, was du tun sollst? Was er mit dir tun wird?"

Sie warf mir einen Blick zu, ihre Augen wurden langsam glasig vor Verlangen und wir hatten sie noch nicht einmal angefasst. „Ja", hauchte sie.

„Höschen runter", befahl Lane, der sich hinter sie stellte und ihr Höschen ansah, als würde es ihn beleidigen. „Zur Hölle, keine verdammten Höschen mehr. Die sind nur im Weg."

Sie zog an der Schleife und das fragliche Kleidungsstück fiel zu Boden. Ah, da waren die feurigen Locken, von denen ich geträumt hatte.

„Halt dich fest", befahl Lane und deutete auf das Messinggestänge des Fußendes.

Ich schüttelte meinen Kopf. „Nein. Beug dich darüber, Piper. Während Lane deine Pussy verwöhnt, kannst du meinen Schwanz blasen. Genauso wie du es an jenem Tag in der Küche tun wolltest."

Ich begab mich zur Bettmitte in ihrer Nähe, ließ mich auf meinen Po sinken, wodurch mein Schwanz nach oben ragte und auf sie wartete.

Sie blickte kurz über ihre Schulter zu Lane, dann zu mir.

Ich hob eine Braue, umfasste meine Hoden mit einer Hand – die schmerzten und voller Samen waren – und meinen Schwanz mit der anderen. „Willst du deine Männer?"

Sie leckte über ihre Lippen und nickte, während ihre Augen meine Hände verfolgten.

„Dann komm und nimm meinen Schwanz in deinen heißen Mund und Lane wird dich dafür belohnen."

Mit den Hüften wackelnd, beugte sie sich über das

Fußende des Bettes und legte ihre Hände auf meine Schenkel. Sie ließ ihre Zunge kurz herausschnellen und leckte dann die Flüssigkeit, die aus meiner Spitze quoll, auf.

Sie dabei zu beobachten, veranlasste meine Hoden dazu, sich zusammenzuziehen. Ich umfasste ihren Nacken und führte sie sanft weiter auf mich. Als ich die süße Hitze ihres Mundes spürte, das Saugen, schloss ich meine Augen.

Fuck, ja.

# 16

iper

Ich war über das Bettende gebeugt und Spurs Schwanz teilte meine Lippen. Lanes Hände glitten meine nackten Schenkel hinauf und ich spürte seinen heißen Atem an meiner Pussy, bevor er seinen Mund auf mich legte und seine Zunge die Feuchtigkeit aufleckte. Ich wusste, sie war reichlich vorhanden. Ich konnte sie an meinen Schenkeln spüren. Ich hatte es geliebt, als Spur in der Nacht, in der wir uns kennengelernt hatten, seinen Mund auf mich gelegt hatte. Gleichzeitig war ich von der Vorstellung schockiert gewesen und obwohl er mich zum Höhepunkt gebracht hatte, war ich ein wenig zurückhaltend, ein wenig nervös gewesen.

Jetzt? Jetzt drückte ich meinen Po nach hinten, um meine Pussy näher an seinen Mund zu bringen, damit Lane beharrlicher vorging. Als er einen Finger in meine Pussy schob, stöhnte ich um Spurs Schwanz.

„Mach das nochmal, Lane. Was auch immer zum Henker das war, mach es nochmal", verlangte Spur. Seine Finger verkrampften sich in meinen Haaren und ich wusste, ich brachte ihn dazu, seine Kontrolle zu verlieren. Der Gedanke, dass ich Spur auf seine niedersten Bedürfnisse reduzierte, war machtvoll.

Sein Geschmack auf meiner Zunge war salzig und würzig. Ich wusste nicht, was ich tat, aber ich versuchte jeden heißen, harten Zentimeter seiner Länge in mir aufzunehmen. Ich hoffte, dass ich meine mangelnden Fähigkeiten mit meinem Eifer ausglich.

„Ich werde nicht lange durchhalten", knurrte Spur.

„Dann lass uns unser Mädel zum Höhepunkt bringen und ich werde sie ficken, während du dich erholst", keuchte Lane, während er meinen Schenkel küsste.

„Erholen?" Spur lachte. „Das brauche ich bei Piper nicht. Mein Schwanz wird für einige Zeit nicht schlaff werden."

Lane zog seinen Finger aus mir und ich wimmerte, aber als er den schlüpfrigen Finger in meinen Hintereingang schob, versteifte ich mich und mein Mund öffnete sich weiter.

„Was zur Hölle treibst du da hinten?", fragte Spur. „Fuck, ich habe gerade ihre Kehle berührt."

„Ich habe meinen Finger in ihren Arsch geschoben. Zeit zu kommen, Schatz."

Ja, das war es. Während sich sein Finger in mir rein und raus bewegte, langsam, aber bestimmt, saugte er meinen Kitzler in seinen Mund und seine Zunge glitt darüber.

Meine Finger packten Spurs Schenkel, während ich mich ihm hingab und der Art, wie sein Schwanz meinen Mund vollständig ausfüllte. Die federnden Haare an seiner Schwanzwurzel kitzelten meine Nase und ich wusste, er befand sich tief in mir. Ich konzentrierte mich darauf, durch meine Nase zu atmen.

Es war heiß und wild und verrucht, was Lane tat und ich liebte jede Sekunde davon.

Ich konnte den Orgasmus nicht länger zurückhalten. Ich hatte mich zwar selbst berührt, als ich allein in genau diesem Bett gelegen und gedacht hatte, meine Männer wären tot, aber das hier, Lane, der mich mit seinem Mund verwöhnte, war so viel besser. Und Spur? Ich liebte es, wie er sich in meinem Mund anfühlte, während ich kam. Liebte das Wissen, dass ich beide verband. Die Empfindungen, so heiß, so köstlich, brachten mich dazu, die Augen zu schließen und meine Muskeln anzuspannen, bevor sie weich wurden. Nachgaben.

Lane fuhr fort, meine Pussy zu lecken und zu küssen, jetzt allerdings sanfter. Da ich aufgehört hatte, meinen Kopf auf Spurs Schwanz zu bewegen, als ich gekommen war – meine Aufgabe war in meinem glückseligen Nebel in Vergessenheit geraten – hob er seine Hüften und begann, sich zu bewegen.

„Das ist es. Lass deinen Mund schön weit geöffnet, mach deine Kehle weich. Gutes Mädchen. Ich werde deinen Mund ficken und mein Samen wird direkt deine Kehle hinablaufen."

Ich wusste, dass er zum Höhepunkt kam, als er in meinem Mund unfassbar groß anschwoll und sich seine Finger in meinen Haaren vergruben. Die breite Spitze berührte wieder meine Kehle und meine Augen weiteten sich. Er stöhnte tief, während ich fühlte, wie sich sein Samen heiß und tief in mir ergoss, sodass kein Schlucken notwendig war.

Sein Griff lockerte sich und ich zog mich zurück, holte tief Luft und wischte mit meinem Handrücken über meinen Mund. Ich begegnete Spurs dunklem Blick, sah den befriedigten, zufriedenen Gesichtsausdruck und lächelte ihn an. Er hatte recht. Sein Schwanz war immer noch hart und feucht von meinem Mund.

Mit einem Finger streichelte er meine Wange hinab. „Du bist eine wilde kleine Schwanzlutscherin. Lane, du wirst nicht glauben, wie tief sie einen Schwanz in ihrer Kehle aufnehmen kann."

Ich hörte, wie sich Lane erhob und ein tiefes zustimmendes Geräusch machte. „Sagte der Mann, der gerade gekommen ist. Ich bin dran, Schatz."

„Kannst du…ähm, deinen Finger rausnehmen?", bat ich ihn, während ich über meine Schulter sah. Sein Finger befand sich nach wie vor in meinem Po. Es tat nicht weh. Tatsächlich fühlte es sich nach der anfänglichen Überraschung richtig gut an. Ich hatte keine Ahnung gehabt, dass eine solche Hitze und Vergnügen an einer so dunklen Stelle gefunden werden konnte.

„Zur Hölle, nein." Er grinste mich an, breit und verrucht, während er seinen Schwanz an den gierigen Eingang meiner Pussy führte und in einem tiefen, langen Zug in mich glitt. „Du musst dich daran gewöhnen, dass beide Löcher gefüllt sind, denn wir werden dich gemeinsam nehmen. Oft."

Er fühlte sich so gut, so groß an. Ich hatte die Verbindung vermisst, das Gefühl ihrer Schwänze in mir. „Wann?" fragte ich, da ich sie beide wollte. Mein Rücken wölbte sich, als er vollständig in mich eindrang.

„Nicht heute, Liebes. Du bist nicht bereit." Lanes Finger packten meine linke Hüfte.

Ich schüttelte meinen Kopf, leckte meine Lippen. „Das bin ich. Ich bin jetzt bereit. *Bitte*. Ich brauche es. Ich brauche euch beide."

Spur sah zu Lane hoch und obwohl sie nicht sprachen, kommunizierten sie dennoch mühelos.

Lane zog sich aus meiner Pussy und ich wimmerte, wackelte mit den Hüften. „Lane", beschwerte ich mich.

*Eine verwegene Frau*

Spur stieg vom Bett, ging zu seinem Rucksack und zog ein Glasgefäß heraus, das er Lane entgegenstreckte.

Als er seinen Finger aus meinem Hintern zog, war ich völlig leer.

Spur half mir auf. „Komm, Piper. Wenn du unsere beiden Schwänze willst, dann musst du uns beweisen, dass dein jungfräulicher Hintern damit umgehen kann." Er sah mir in die Augen, damit ich wusste, dass er es ernst meinte und auch, weil er darauf wartete, dass ich meine Meinung ändern würde. Sie würden mich nicht auf diese Weise nehmen, außer sie waren der Meinung, ich wäre körperlich dazu in der Lage, aber viel wichtiger war, dass ich auch geistig bereit war. „Ich werde dich dort erobern. Lane hat deine Pussy bekommen. Stell dich auf dem Bett auf alle viere, ja, genau so."

Ich positionierte mich, wie er es wollte, da ich wusste, dass ihre Augen auf mir lagen. Ich fühlte mich erhitzt und weich, hübsch und gewollt. Und ich wollte zwischen meinen Männern sein, von beiden genommen werden. Ja, wir waren jetzt wirklich verheiratet, aber ich brauchte mehr, musste wissen, dass ich das Zentrum ihrer Welt war und dies war der ultimative Beweis dafür.

„Jetzt den Kopf runter. Gut, den Hintern schön hoch. Ja."

Spurs Anweisungen waren beruhigend. Ich musste nicht denken, nur fühlen und zuhören. Gehorchen. Ich gehorchte *nie*, aber bei dieser Sache, im Bett mit ihnen, brauchte ich es.

Ich spürte, wie das Bett einsank und Lane sich neben mich setzte. Er legte eine Hand auf meinen unteren Rücken, die andere wanderte zwischen meine Pobacken. Allerdings drang nicht sein Finger dort ein, sondern sein Daumen, der dick mit Gleitmittel aus dem Glas beschmiert worden war. Aus irgendeinem Grund war der Winkel seines Daumens anders und er dehnte mich nicht nur und glitt nach innen, sondern verhakte sich auch in mir, wodurch ich auf völlig andere Weise geöffnet wurde. Seine Handfläche ruhte auf der oberen Rundung meines Hinterns.

Mein Kopf hob sich und ich starrte auf die Kissen, keuchte. Meine inneren Wände zogen sich um den Eindringling herum zusammen und versuchten, sich an ihn anzupassen. Ich holte tief Luft, stieß sie aus, entspannte meine Schultern, meinen Rücken, all meine Muskeln.

„Das ist leicht", sagte Spur. „Das ist nur ein Daumen. Denkst du, du kannst mehr aufnehmen?"

Er vergewisserte sich, dass es mir gut ging, dass ich meine Meinung nicht ändern würde jetzt, da etwas in mir war. Die Dehnung und das Brennen waren intensiv, aber reizten auch meine Pussy, die ganz leer war. Lanes Schwanz war tief in mir gewesen, dann hatte er sich wegen meiner Worte zurückgezogen. Ich fühlte mich dort...einsam. Und ich würde kommen. Ich war so nah, dass ich mir zwischen die Beine fasste, um über meinen Kitzler zu reiben.

Ich spürte, wie meine Augen groß wurden, als ein weiterer Finger in mich glitt. Lane ließ sie nicht einfach dort drinnen, sondern bewegte sie rein und raus und zog sie auseinander.

„Lane, oh, Gott. Ich...ich werde kommen."

Spur griff unter mich, fand meinen Nippel und zwickte ihn sanft. Er beugte sich nah zu mir und ich sah in seine Augen, während ich mit den Hüften wackelte und die Bewegungen meiner Finger auf meinem Kitzler genoss, sowie das Gefühl von Lanes Fingern in meinem Po.

„Ja, bitte. Oh!"

Ich kam, zog mich zusammen, während ich unverwandt in Spurs Augen sah. Ich wusste, er konnte alles sehen und dass er wusste, wie es mir gefiel, wie ich es brauchte. Dass ich es brauchte, dass sie mich in meiner Pussy und Arsch fickten.

Sobald ich aufhörte zu pulsieren und Lanes Finger zu

drücken und zu mir selbst zurückkehrte, zog er sie aus mir und lief um das Bett.

„Sie kann uns aushalten", bestätigte Spur.

Ich versuchte unterdessen, wieder zu Atem zu kommen. Es fühlte sich so gut, so anders an und wir waren noch nicht fertig. Wenn ich mich so fühlte, allein weil ein Daumen dort war, dann fragte ich mich, ob, einen Schwanz dort zu haben, nicht zu viel sein würde. Zu gut.

„Zeit, mich auf einen Ritt zu nehmen", verkündete Lane und hielt mir seine Hand entgegen, damit er mir helfen konnte, mich rittlings auf ihn zu setzen.

Ich sah zu ihm und entdeckte nur Ruhe, Vorfreude, Begehren in seinem Blick. Wir stritten nicht. Das schienen wir im Schlafzimmer nie zu tun. Es war die einzige Zeit, in der wir uns alle einig waren.

Meine Schenkel drückten seine Hüften, während er seine Hände auf meine Taille legte, mich über seinen Schwanz hob und mich dann darauf senkte. Ich musste hin und her rutschen und wackeln, um ihn vollständig aufnehmen zu können und als ich auf seinen Schenkeln saß, nahm ich mir einen Moment, um mich an das Gefühl von ihm zu gewöhnen.

Er legte eine Hand in meinen Nacken und zog mich zu sich. „Komm her, Schatz."

Da küsste er mich, heiß und mit jeder Menge Zunge. Er hob seine Hüften, bewegte sich, aber blieb dabei tief in mir.

Ich war mir nicht sicher, ob er mich küsste, um mich von Spur abzulenken, der hinter mir aufs Bett kletterte, oder um mich nach unten zu drücken, damit ich in einer besseren Position war, um Spurs Schwanz ebenfalls aufzunehmen oder ob er einfach gerne küsste. Wie auch immer, es funktionierte. Ich war erregter als zuvor, vor allem weil er nicht seinen ganzen Schwanz bewegte, sondern nur kleine Bewegungen machte und tief in meinem Inneren über mich rieb. Als ich spürte, wie Spurs Hand meinen Rücken hinunter zu seinem Schwanz glitt, der sich kalt und schlüpfrig vom Gleitmittel gegen meine gedehnte Öffnung drückte, wimmerte ich in Lanes Mund.

Er lockerte seinen Griff um meinen Hals und ich stemmte mich leicht nach oben, sodass ich in Lanes helle Augen blicken konnte. Ich wusste, dass Lane alles von mir sehen konnte, während Spur drückte und presste, seine Hüften verlagerte und sich an dem engen Muskelring vorbeischob, der Widerstand leistete. Er sah jede meiner Emotionen, jedes Gefühl. Und als sich meine Augen weiteten und ich aufkeuchte, weil Spur in mich geglitten war, wusste ich, dass Lane das ebenfalls gespürt hatte. Es war so eng, die Dehnung war beeindruckend.

Sie hatten mich vorbereitet, ja, aber ein heißer, harter Schwanz war etwas anderes als ein Finger.

„Oh, Gott", flüsterte ich.

Lane grinste. „Ich kann spüren, dass du Spur ebenfalls aufnimmst. Gutes Mädchen."

„Du bist perfekt, Piper", lobte mich Spur, wobei seine Stimme vor Verlangen zitterte. Ich wusste, er war vorsichtig, hielt sein sexuelles Bedürfnis, mich hart zu ficken, zurück. Ich wusste, meine Männer mochten es auf diese Weise. Ich ebenfalls, aber in diesem Moment fühlte ich mich verletzlich. Ihn in meinem Hintern zu haben, intensivierte die Empfindungen. Ich fühlte mehr, die Emotionen gingen tiefer.

„So", knurrte er. Ich spürte, wie sich seine Hüften gegen meinen Hintern drückten. „Ich bin vollständig in ihr. Fuck, bist du eng."

Lane hob eine Hand, um mein Gesicht zu umfassen, während ich keuchte und mich darauf konzentrierte, zwischen ihnen entspannt zu bleiben. Ich spürte Lanes

*Eine verwegene Frau*

harten Körper unter mir, Spurs in meinem Rücken, seine Brusthaare kitzelten meine verschwitzte Haut.

„Zeit, sich zu bewegen, Schatz", murmelte Lane.

Ich nickte leicht und dann zog sich Spur zurück, verließ mich langsam, aber nicht komplett. Er machte die entgegengesetzte Bewegung und schob sich wieder in mich, während sich Lane zurückzog. Sie setzten einen Rhythmus von einem tiefen Stoß, gefolgt von einem kurzen Stoß und fickten mich in gegensätzlichen Bewegungen.

Ich klammerte mich an Lanes Schulter, während ich wimmerte und stöhnte. Die Empfindungen waren so unglaublich. Zu wissen, dass ich dafür sorgte, dass sich beide gut fühlten, dass sie mich beide fickten, dass ich sie zur gleichen Zeit zu den Meinen machte, war unglaublich. Spurs tiefe Stöße drückten meinen Kitzler gegen Lanes Unterleib und ich würde wieder kommen. Wie konnte ich nicht?

Ich war überwältigt. Überschwemmt. Wurde von Gefühlen attackiert.

„Ich…oh. Ja…ich werde – "

„Komm, Schatz. Komm auf unseren Schwänzen."

Ich gehorchte Lanes Befehl und kam, molk ihre Schwänze, während sie fortfuhren, sich zu bewegen. Ihre Geschwindigkeit veränderte sich, während ich zwischen ihnen erschauderte und schrie, denn ihr eigenes Verlangen, zu kommen, hatte jetzt die Kontrolle übernommen.

Das war Ficken. Das war Liebemachen. Das war eins mit meinen Männern zu werden. Als ich spürte, wie Lanes Samen in mich spritzte, während er knurrte, ließ ich meinen Kopf auf seine Brust sinken und lauschte seinem schnellen Herzschlag.

Spurs Hände auf meinen Hüften verkrampften sich und ich spürte, wie er anschwoll, als er ein letztes Mal tief in mich eindrang und meinen Namen schrie, während er sich tief in meinem Arsch ergoss.

Ich war ein verschwitztes, knochenloses Häufchen zwischen ihnen.

Ich wusste nicht, wie viel Zeit vergangen war, aber Spur zog sich vorsichtig aus mir heraus und legte sich auf das Bett. Lane drehte mich, sodass ich zwischen ihnen lag und zog sich dann aus mir zurück. Ich war wieder zwischen ihnen, während ich spürte, dass ihr Samen aus mir tropfte. Ich war befriedigt, zufrieden. Geliebt.

„Schatz, du gehörst zu uns. Keine Diskussion." Lanes Stimme klang etwas trotzig.

Ich lächelte an seiner Brust. „In Ordnung. Ich werde nicht diskutieren. Wie könnte ich? Ich habe meine Pistole nicht hier."

Spur gluckste, während er sich an meinen Rücken schmiegte. „Ficken macht dich gefügiger."

„Mmh, ja. Ich denke, ihr werdet das weiterhin machen müssen, damit ich so bleibe."

Es mochte eine verwegene Aussage sein, aber sie stimmte. Ich wollte meine Männer, brauchte sie. Ich würde sie auf keine andere Art und Weise wollen. Eine Pistole war nicht nötig.

# HOLEN SIE SICH IHR WILLKOMMENSGESCHENK!

TRAGE DICH FÜR MEINEN NEWSLETTER EIN, UM LESEPROBEN, VORSCHAUEN UND EIN WILLKOMMENSGESCHENK ZU ERHALTEN! TRAGEN SIE SICH IN MEINE E-MAIL LISTE EIN, UM ALS ERSTES VON NEUERSCHEINUNGEN, KOSTENLOSEN BÜCHERN, SONDERPREISEN UND ANDEREN ZUGABEN ZU ERFAHREN. SIE ERHALTEN EIN KOSTENLOSES BUCH FÜR IHRE ANMELDUNG!

kostenlosecowboyromantik.com

## ÜBER DIE AUTORIN

Vanessa Vale ist eine USA Today Bestseller Autorin von über 40 Büchern. Dazu zählen sexy Liebesromane, einschließlich ihrer bekannten historischen Liebesserie Bridgewater, und heißen zeitgenössischen Romanzen, bei denen dreiste Bad Boys, die sich nicht nur verlieben, sondern Hals über Kopf für jemanden fallen, die Hauptrollen spielen. Wenn sie nicht schreibt, genießt Vanessa den Wahnsinn zwei Jungs großzuziehen, findet heraus wie viele Mahlzeiten man mit einem Schnellkochtopf zubereiten kann und unterrichtet einen ziemlich guten Karatekurs. Auch wenn sie nicht so bewandert in Social Media ist wie ihre Kinder, so liebt sie es dennoch, mit ihren Lesern zu interagieren.

www.vanessavaleauthor.com

# HOLE DIR JETZT DEUTSCHE BÜCHER VON VANESSA VALE!

Du kannst sie bei folgenden Händlern kaufen:

Amazon.de
Apple
Weltbild
Thalia
Bücher
eBook.de
Hugendubel
Mayersche

www.ingramcontent.com/pod-product-compliance
Lightning Source LLC
LaVergne TN
LVHW011833060526
838200LV00053B/4004